恋愛学で読みとく
文豪の恋

森川友義

光文社新書

はじめに

本書は、明治時代以降の文豪が描いた恋愛を、**「恋愛学」**の立場から分析し、作品に新しい解釈を施そうという試みで書かれたものです。

誰でもご存じの名作を10冊取り上げました。これらの作品における恋愛描写を詳細に検討すると、恋愛で必然的に生じる心理が克明に描かれていたり、普遍的なモテテクニック満載だったり、幸せな恋愛や結婚をするための秘訣が隠されていたりして、現代のわたしたちにも参考になる点がたくさんあることがわかります。

その逆に、文豪といえども、科学的に根拠のないこと、恋愛を描くうえで思い違いをしていることがあります。あるいは、小説が執筆された当時は納得のいく描写であっても、時代を経て新しい価値観が生まれたことで、現在では違和感が生じている場合もあります。

ですから、文豪による恋愛、たとえば、相思相愛、片想い、一目惚れ、失恋、結婚、浮気、不倫といったテーマに関して、作品の時代性や現代との整合性について考察することは今日的な意味があります。たとえば、統計的なデータを用いて解説するだけでも、恋愛への知見を論理的に深めることができるでしょう。このような観点から、これまで文学者や評論家が言及してこなかった作品の新しい魅力を浮き彫りにし、より深く名作を読み込むことが本書の狙いです。

分析の根拠となるのが「恋愛学」です。恋愛学とは、人間の恋愛を科学的に研究する学問を指します。人間の恋愛感情、恋愛に関する男女の意思決定の科学的分析は、21世紀に入ってから盛んに行なわれるようになってきました。先鞭《せんべん》をつけたのが進化論的アプローチ、つまり進化生物学や進化心理学の分野ですが、恋愛の研究は社会科学の分野にも拡大し、学際的な発展を遂《と》げつつあります。たとえば、人間を1つの商品として考えて恋愛の取引を分析する経済学的アプローチをはじめ、恋愛や結婚を社会現象として観察する社会学的アプローチ、人間の心理的側面から分析しようとする恋愛心理学的アプローチ、恋愛がもたらす政治的な影響について研究する政治学的アプローチといったように、人間の恋愛は多くの社会科学的な知見で考察することができます。そうした学際的な研究を総合する「恋愛学」という1つの枠組みをもってして、文学作品を分析することさえ可能になったのです。

∴

本書は10章に分かれています。

まず、第1章では夏目《なつめ》漱石《そうせき》の『こころ』を取り上げます。だれでも一度は読んだことがある名作中の名作ですが、登場人物の恋愛行動に関する限り、読後に違和感を覚える場面も少なくありません。その理由を**「恋愛バブル」「バタフライ効果」**といった用語を使いながら解説していきます。

第2章は、森《もり》鷗外《おうがい》の『舞姫』です。この小説から得られる知見はたいへん多く、とくに恋愛にかかわる二者択一の難しさを学べるので、現代のわたしたちにも参考になります。**「機会コストの損失」「費用対効果」**といったような経済学的な概念を用いながら、主人公の豊太郎がとった行動について検討します。

第3章は、武《む》者小路《しゃのこうじ》実篤《さねあつ》の『友情』で、野島、杉子、大宮という三人の登場人物の**三角**

関係が描かれた小説です。いったん恋愛感情が芽生えると、相手に対して様々な心理が生じますが、ここでは片想いの心理が詳細に描写されています。男女の本来価値は均衡《きんこう》するという**「恋愛均衡説」**を援用しつつ、相思相愛のメカニズムについて解説します。また恋愛にはつきものの失恋についての克服方法も随所《ずいしょ》に描かれているので、たいへん参考になる作品でしょう。

第4章では田山花袋《たやまかたい》の『蒲団』、第5章では太宰治《だざいおさむ》の『斜陽』を取り上げますが、共通するテーマは**「不倫」**です。前者は願望はあったものの不倫をかろうじて思いとどまった作品、後者は不倫をしてしまった作品です。不倫している人、不倫されている人、不倫を防止したい人にとって読みどころは多いはずです。

第6章は、谷崎潤一郎《たにざきじゅんいちろう》の『痴人の愛』です。従来「マゾヒズム小説」と評されてきた作品ですが、夫婦の相性の問題を扱った小説として新しく解釈し直します。**「社会内分泌学」**というアプローチを用いて、テストステロンやドーパミンといった体内の化学物質の多寡《たか》がどのように主人公の河合とナオミに影響を与えていたのかを分析し、この相性の問題を考察します。

第7章と第8章は、師弟関係にあった川端康成《かわばたやすなり》と三島由紀夫《みしまゆきお》の作品を取り上げます。『伊豆の踊子』と『潮騒』では、ともに**「処女性」**がテーマの1つになっており、その妥当性について検討します。両作品とも一読しただけでは理解しづらい作品ですが、資料やデータを参考にしながら、小説に隠されたテーマを詳らかにしていきます。

第9章は、堀辰雄《ほりたつお》の『風立ちぬ』です。ほかの作品では恋愛がテーマですが、『風立ちぬ』は結婚生活の描写に重きがおかれていて、**幸せを維持する方法**について書かれている稀有な作品です。小説の描写に基づき夫婦円満の秘訣を解説しましたので、これから結婚する人、あるいは結婚生活がうまくいっていない夫婦には必読の章です。

終章は、特別編として、現役作家である村上春樹の『ノルウェイの森』を考察します。長編小説ですが、いったん読み始めると最後まで引き込まれてしまう作品です。恋愛学の見地から、恋愛にまつわるデータを引用しつつ、主人公のワタナベがモテすぎであること、かつ対する緑の過剰なまでの**恋愛テクニック**について言及します。

このように、本書で扱う文豪の名作は、恋愛にかかわるほとんどすべての現象、言い換えると恋愛の可能性が幅広く網羅《もうら》されていますので、人間の営みとしての恋愛を「学ぶ」ことができるよい教材でもあります。また、人間の恋愛に規則性など存在しないと考える方もいるかと思いますが、この一冊を通じて、恋愛心理には普遍性があるということを知っていただけたら幸いです。

恋愛学で読みとく文豪の恋

――目次――

第6章 夫婦の相性を規定するもの——谷崎潤一郎『痴人の愛』 157

第7章　処女性と恋愛のゆくえ――川端康成『伊豆の踊子』　187

目次・章扉・図版作成／椚田祥仁

第1章

「恋愛バブル」と「バタフライ効果」がもたらした2つの自死

夏目漱石
『こころ』
新潮文庫

さて、最初の文学作品として取り上げるのは、夏目漱石《なつめそうせき》の『こころ』です。名作中の名作であり、現在までに新潮文庫で累計700万部を売り上げた、わが国の文学史上、最高の小説の1つという評価も決して誇大《こだい》ではありません。本書の冒頭を飾るにふさわしい作品です。

『こころ』はミステリー小説？

まず知ってほしいのは、『こころ』は、普通の恋愛小説ではありません。恋愛を題材にした「ミステリー小説」と言ってよいくらいのものです。ミステリー小説の醍醐味《だいごみ》は作中で事件や犯罪に関する謎が提示され、読み進めるにしたがって次第にそれが解明されてゆくものですが、この『こころ』も、漱石が仕掛ける謎に釣られて最後まで一気に読んでしまうことになるという、恋愛がテーマでありながら恐ろしくもおもしろい小説です。

この小説は、「上　先生と私」「中　両親と私」「下　先生と遺書」の三部構成となっています。

「上　先生と私」からいきなりミステリー仕立てで、東京帝国大学（現在の東京大学）の大学生である主人公「私」が、何の仕事もしていない高等遊民の「先生」に興味をもち、親しくなるにつれて、先生の過去の謎について知ってゆくというストーリーです。

「私」は先生の奥さんに対して「先生は何故ああやって、宅で考えたり勉強したりなさるだけで、世の中へ出て仕事をなさらないんでしょう」と問うのですが、奥さんも「若い時はあんな人じゃなかったんですよ。若い時はまるで違っていました。それが全く変ってしまったんです」と、どうやら過去になにかしらの事件があったことを匂わせます。

奥さんは美しく、夫婦仲は良さそうなのですが、先生は奥さんと精神的に距離をおいていることが次第にわかり、その点も謎めいたままです。先生自身も恋愛を「罪悪」としながら、他方で「神聖」なものとも呼びますが、どうしてそのように考えるのかについてははっきり語ってくれません。

「中　両親と私」では、大学を卒業した「私」が、病状を悪化させている父のために実家に帰省するのですが、そんな中で先生からぶ厚い手紙を受け取ります。読み始めると「この手紙があなたの手に落ちる頃には、私はもうこの世には居ないでしょう」と自殺の予告が書かれてありました。びっくりした「私」は、実の父が危篤状態にもかかわらず、先生のことが心配になり、すぐに東京に向かう電車に乗ってその車中で遺書を読み進めます。

最後の「下　先生と遺書」で、ここまでの謎が解き明かされます。遺書の中で、先生の学生時代（先生も「私」と同じく東京帝国大学の学生）の恋愛がついに語られるのです。そこには、先生が当時下宿していた先の娘であった「御嬢さん」（推定15歳）をめぐる恋がつづられていました。

御嬢さんに恋してしまった先生は、片想いをするだけで気持ちを伝えられないでいましたが、そんな中、経済的に困窮《こんきゅう》する幼馴染《おさななじみ》「Ｋ」を同じ下宿に誘ってしまいます。そしてＫもまた御嬢さんを好きになってしまい、その旨を先生に告白します。Ｋの「御嬢さんに対する切ない恋を打ち明けられ」て、先生は「すぐ失策《しま》った」「先《せん》を越された」と狼狽《ろうばい》します。しかし、先生はＫに自分の想いを伝えることができません。

その代わり、先生はＫには内緒で奥さんに「御嬢さんを私に下さい」と言い、Ｋを出し抜いてしまいました。先生と御嬢さんが結ばれるのを知ったＫは下宿先の自室で自殺します。先生は大学卒業と同時に御嬢さんと結婚しますが、Ｋの死は自分が原因であるとの罪悪感をずっといだき続けてしまうことになり、最終的には、明治天皇の崩御《ほうぎょ》を機に自殺してしまうのでした。

『こころ』を理解するために必要な恋愛学用語

この小説の恋愛描写に関して、読後感としてはすごくおもしろいのですが、同時に、何か釈然《しゃくぜん》としない感は否めません。みなさんも、なぜ先生はあんなに優柔不断なのか、と感じたり、Ｋも先生も死ぬことはないのに、という感想をいだいたりするのではないでしょうか。

この小説が書かれた時代（１９１４年）では、先生の行動は納得できるものだったかもしれませんが、令和となった今日では、納得がいかないモヤモヤとしたものばかりです。少なくとも、もう少しシャキッとするチャンスはいくらでもあったでしょうから。

このあたりが『こころ』の不可思議な点ですので、詳しく考察してゆきます。そのためにぜひ知ってもらいたい恋愛学用語がありますので、まずは２つの用語を解説します。

①あなたのことしか考えられない「恋愛バブル」

まず**「恋愛バブル」**という言葉です。小説の中では、先生にもＫにも御嬢さんに対する激しい恋愛バブルが生じています。

相手を好きになるということは、恋愛感情をいだくということ。相手のことが気になる、相手のことをずっと考えている、話がしたい、会いたい、つき合いたいというのはすべて恋愛感情が芽生えたがゆえの兆候です。この際、相手を好きになると、相手の商品価値を上方に修正します。たとえば「この人とずっと一緒にいたい」「別れるなんて絶対にありえない」

「一生愛していられる」といった感情をもつようになります。短所ですら好ましく思えてくるという、あばたもえくぼ状態ですね。このようなインフレ感情を、恋愛学では「恋愛バブル」と呼びます。

先生も、御嬢さんの生け花や琴が下手にもかかわらず、嬉々として楽しむようになってゆきます。明らかに恋愛バブルが生じたサインです。

若者の恋愛がどのくらい激しいのかを知ってもらうために、ある調査結果をご紹介します。わたしは早稲田大学で毎年「恋愛学入門」という講義を担当しているのですが、その最初の授業にアンケート調査をしています。その中には次のような質問があります。

Q．ある日突然、恋人の親があなたを訪ねてきます。会ってみると、相手の親が「うちの子と別れてくれ、お金はいくらでも渡すから」と言ったとします。いくらの手切れ金を積まれたら、恋人と別れますか？　0円から1兆円の範囲でお答えください。

みなさんだったら、いくらのお金で恋人や配偶者と別れることができるでしょうか？

アンケートの結果、手切れ金の平均値は約３０００億円でした。数字の間違いではありません。３０００億円！

大学生なので金銭感覚が一般常識からややずれている点を差し引いても、３０００億円というのは法外な額です。大企業に就職したサラリーマンの生涯年収でもせいぜい３〜４億円程度なのに、桁が３つも違うというのは異常なバブル状態です。

このアンケート結果からわかるのは、とりわけ大学生くらいの若者は、いったん恋愛のスイッチが入ってしまうと、好きな人がすべてとなってしまう感覚に陥るということです。この期間の心理状況はトランス状態に近く、感情のコントロールが効かなくなって、現実とかけ離れた幻想にとらわれてしまいます。ある意味、こうした恋愛バブルは素敵ですね。自分がそのように思えたら素敵だと思いませんか。ところが、客観的に見ればそれは恐ろしい状態ともなりえます。

なお、この恋愛バブルには２つの特徴があります。

１つには、恋愛バブルの激しさは恋愛経験値と反比例の関係にあります。年齢を重ねて恋愛経験を繰り返すうちに、人は恋愛感情をコントロールする方法を学びますが、若いときは恋愛経験が少ないので、非常に激しいものになりがちです。先生もＫも恋愛経験値は少なく、おそらく初恋であるため、その想いは激情的ですらあります。

もう1つの特徴は、この恋愛バブルは長くは続かないということです。破裂しないバブルはありません。通常、恋愛感情が続くのは1年半～2年くらいです。恋愛のドキドキ感は、恋をすると必ず生じますが、ずっと続くと心臓に負担がかかり健康を損ねる危険性があります。マラソンを走っているのと同じ状態ですね。ずっと走り続けることができないのと同じように、ドキドキ感は長い間は続きません。わたしたちの身体は健康になろうと指向しますので、恋愛感情は時間の経過とともにしだいに消えるように作用してゆくのです。

②飲み会の幹事が解雇につながる「バタフライ効果」

2つめの用語は、**「バタフライ効果」**です。バタフライ効果とは主として気象学の分野で生まれた考え方で、蝶々の羽ばたきのような小さな動きがより大きな気象にまで影響を与える可能性があるというものです。「風が吹けば桶屋が儲かる」的に、小さな1つの現象が連鎖して、より大きな現象につながってゆくことを指すのですが、この小説に落とし込んで考えると、先生のひとつひとつの小さな意思決定が、最終的にはKと先生の自殺につながってしまうということです。

ちなみに、わたしたちは一日のうちで、何回くらい意思決定をしているかご存じですか？

コーネル大学のワンシンク博士らの研究によれば、食事に関するものだけでも一日で221回の意思決定を行なっているそうで、一日のすべての意思決定を合計すると、おおよそ3万5000回になります。[*1]

ひとつひとつは小さな意思決定なのですが、その小さな決断はドミノ倒しのようにより大きな現象へと連鎖してゆき、最終的にはKや先生のように、のちの人生に大きく影響を与える場合があります。

たとえば、**飲み会の幹事をした↓飲み会の相手が最悪だった↓飲みすぎて暴れた↓翌日会社に遅刻した↓仕事でミスした↓むしゃくしゃした↓他人と肩がぶつかった↓ケンカした↓警察沙汰になった↓会社に解雇された**、ということもありえない話ではありません。通常なら会社への遅刻は防げましたし、他人と肩がぶつかったときに謝罪していれば問題は起こらなかったでしょう。しかし最悪な場合には、たかだか飲み会の幹事をしたことくらいから連鎖して、会社を解雇される事態もありえるわけです。

漱石の恋愛描写は納得できるものか？

このバタフライ効果に鑑《かんが》みて、先生とKの恋愛に関する意思決定のひとつひとつがどのような理由で行なわれたのかについて詳細に検討する必要があります。とくに二人が自殺するに至ったターニング・ポイントは何だったのかについて考えてみると、この小説がよくわかります。漱石はこの点を非常に腐心して書いたようですが、わたしたち現代人にはどうしても理解できない、腑《ふ》に落ちない点も浮き彫りになってきます。

したがって、ここで考察したいのは、

1．登場人物は恋愛の分岐点で、どのような意思決定をしたのか？（漱石はどのような理由づけで恋愛の意思決定を描写しているのか？）

2．その意思決定は現代に生きるわたしたち読者によって納得できるものか？（わたしたちも先生やKの状況に置かれたら、同じ行動をとるのか？）

の2点です。

このような観点から先生とKの恋愛行動を検討しますが、『こころ』の中でわたしたちが違和感を覚え、必ずしも納得できない点は以下の6つになると思われます。

①御嬢さんに恋しても、先生が何も行動を起こさなかった

まず奇異に思えるのは、なぜ先生は、御嬢さんに恋愛感情をいだいた時点で、デートに誘うとか告白するといった行動を起こさなかったかということです。この点について『こころ』の文脈を整理すると、漱石はおそらく以下のように辻褄《つじつま》を合わせていると思われます。

まず先生は、御嬢さんに出会うと、すぐに恋愛バブルが生じました。「信仰にも似た恋愛」、つまり片想いをずっと続けます。片想いが長く続くと、ますます自分の気持ちを伝えることができなくなるものです。現代のわたしたちとこの点はなんら変わりません。

当時の時代背景も告白を困難なものにしていました。当時は二人きりのデートはおろか、街中を若い男女がただ歩くことも他人からいぶかしげに見られる時代でしたから、デートによって相手の気持ちを確かめるということすら難しかったのです。デートもせず、手もつながず、キスもせず、プラトニックのまま一生の伴侶《はんりょ》を決めなければならなかったわけです。

ですから、好意を伝える告白は、結婚したいという意思表示と同じでした。とはいえ、御嬢さんをすぐ妻にしたいという決断はなかなかできるものではなかった。先生は当時まだ東京帝国大学の学生だったということもあり、できれば卒業が間近になったときに告白したいと思ったはず――。

なるほど。漱石の描写はいちおう筋が通っているようです。しかし、わたしは以下のように反論したい。

片想い→結婚の時代であったとしても、御嬢さんを好きになった時点でなんらかの求愛行動があってもよいものです。なんらかの行動とは、相手である御嬢さんが自分のことをどの程度好きかを確認する行動、および御嬢さんに自分のことを気に入ってもらうための行動の2つであり、どちらもごく日常的な会話がきっかけになるものです。

たとえば、毎日御嬢さんの琴や生け花に触れる機会はあったわけで、そのときに一言、「上手ですね」と褒めることができれば、御嬢さんの承認欲求も満たされ、楽しい会話につながったはずです（これはモテテクニックの1つで**「自己肯定戦略」**と呼ばれている）。あるいは、二人きりになったときに「お茶を一杯、いただきたいんですが」と話しかければ、上手に二人の時間をつくりだすこともできます（**「戦略的服従」**）。

また、御嬢さんが自分のことをどう思っているかについても知っておきたいところです。[*2]たとえば、「いつもお世話になっています。ご迷惑をおかけしていませんか？」（**「アドバルーン戦略」**）とか、「何か勉強でわからないことがあったら言ってくださいね」といった言動（**「補完性戦略」**）でも自然です。このように相手にボールを投げて、相手がそれをキャッチして、どのように投げ返してくるかで、相手の自分に対する気持ちはある程度測れるものです。ところが残念ながら先生にはそういう言動が一切ありませんでした。これは当時としてもやや不自然な描写だと言わざるをえません。

②先生がライバルであるKに釘を刺さなかった

第二のポイントは、そもそもKをあっさりと自分の下宿先に同居させてしまったことです。Kは学費や生活費も払えず大学を中退しなければならないところまで追い込まれていたのですが、先生は見るに見かね、奥さんを説き伏せて自分の下宿先に一緒に住まわせることにします。しかし、これはその後の展開からすると大失敗でした。それは後に先生も認めているところです。

同情心からKを住まわせたこと自体はよしとしましょう。むしろ問題なのは、なぜKが引っ越してくる前に、「下宿先の御嬢さんには手を出すなよ。僕は彼女のことが好きだから」とでも言わなかったのか、です。

Kが幼馴染で、かつ信心深いお寺の次男坊だったので油断してしまったのでしょうか。たしかに先生はお人好しの一面があって、奥さんや御嬢さんに、Kは可哀そうだからなるべく優しくしてほしい、などとお願いまでしています。

　女性嫌いだったＫも、だんだん奥さんや御嬢さんと打ち解けてゆきます。仲良くなると、微妙にして典型的な三角関係に陥ります。すると、先生はＫが御嬢さんと二人きりで話していることが不快になり始めます。かといって二人きりでいるのをやめろとも言えません。まさにジレンマです。しかし、Ｋがだんだんと御嬢さんを好きになっていることは十分に察します。

　漱石はこのジレンマを克明に描くわけですが、Ｋが入居する時点ですでに先生は御嬢さんのことが好きだったので、こうして見ていくと、やはりＫに釘を刺しておいてもおかしくなかった状況であることがわかります。

　普通はそのように言っておくものですよね。親友ではありますが、Ｋは恋愛という競争市場における最大のライバルなわけです。そんなＫに対して、事前に牽制《けんせい》しておくことは当然の行動です。

　ましてＫは自分より能力的に優れている男性なのです。先生はＫという人物を評して次のように述べています。

> 容貌《ようぼう》もＫの方が女に好かれるように見えました。性質も私のようにこせこせしていないところが、異性には気に入るだろうと思われました。（中略）確《しっ》かりした男らしいところのある点も、私よりは優勢に見えました。学力になれば専門こそ違いますが、私は無論Ｋの敵でないと自覚していました。
>
> （『こころ』、２４９頁）

つまり、見かけ（身長もＫの方が高い）でも、性格でも、男らしさでも、知性でも、先生は自らがＫより劣っていることを自覚しているのです。であれば、なおさらＫが恋愛という競争において、強敵であることはわかっていたはずです。

しかしながら、幾度もチャンスがあったにもかかわらず、先生はＫに一言も釘を刺しません。Ｋが御嬢さんと仲良くしているとヤキモキするばかりで、口に出して御嬢さんへの気持ちを伝えることもありませんでした。

自分よりモテ要素がたくさんあるＫと自由競争をしたら、必ず先生が負けるに決まっています。唯一、先生が勝てるとしたら、事前にＫに対して「絶対に手を出すなよ」と自由競争を妨げる言動をする場合です。そうすれば、先生の温情によって下宿できるＫとしては、遠慮して御嬢さんに手出しはできなくなります。このような事前警告をしないのは、明治であろうが令和の時代であろうが、納得できない点だと思うのです。

ここで知っておかなければならないのは、漱石という人は、恋愛はそもそも奥ゆかしくあるべきと思い込んでいた点です。なにしろ「I love you」を「月が綺麗ですね」と訳すべしとした俗説が残っているくらいですから。この話の真偽は別にして、漱石に、恋愛において直接的な表現や行動をすべきではないという規範があったことは幾多の評伝が伝えるところで、その考えが小説中の先生に反映されていることは明らかです。

ただ、その思想を現代のわたしたちが納得できるかというと疑問が残ります。こうした描写は漱石のこだわりなのでしょうが、少なくともわたしには腑に落ちないところです。

③Kの告白を聞いたとき、自分も同じ想いだと先生が言わなかったこと

結局、Kの方が先に御嬢さんへの「切ない恋」を先生に告白してしまいました。小説では次のように記述されています。

> Kの話が一通り済んだ時、私は何とも云う事が出来ませんでした。此方《こっち》も彼の前に同じ意味の自白をしたものだろうか、それとも打ち明けずにいる方が得策だろうか、私はそんな利害を

考えて黙っていたのではありません。ただ何事も云えなかったのです。又云う気にもならなかったのです。
（同、２６９頁）

それはないよ、漱石さん。ここが読ませどころなのに、読者としては、Kに自分の気持ちを打ち明けない理由をもっと明確にしてほしかったです。さらに「先刻《さつき》（の告白）」はまるで不意撃《ふいうち》に会ったも同じでした。私にはKに応ずる準備も何もなかったのです」と続けますが、ならば後日でも遅くありません、改めてKに御嬢さんに対する恋愛感情を伝えてもよかったはずなのですから。

漱石の描写が不十分であるものの、先生がKの告白に対して沈黙を守ったことは、とはいえ合理的な選択であったと実はわたしも思います。以下、その点について考察してみます。

先生には、告白をしてきたKに対して、３つの意思決定の選択肢がありました。

A．御嬢さんを諦める。

B．御嬢さんに告白する。

C．Kに「僕も御嬢さんが好きだ」と言う。

以上の3つですが、どれも選びづらかっただろうと言えます。まずAですが、先生にたいへん大きな恋愛バブルが生じている以上、簡単に御嬢さんを諦めきれるものではありません。先生のとる行動としては除外できます。

Bは、優柔不断な先生にとってもっとも難しい行動です。これができるくらいなら、先述のようにもっと自然に御嬢さんと会話を交わしていたはずです。

したがって、3つの中ではCがもっとも考慮に値する選択肢なわけですが、ここでの最大の焦点は、この選択をした場合、先生の究極の目的である「御嬢さんを獲得する」に近づけるのかという疑問です。

残念ながら、いまさら先生がKに自分も御嬢さんが好きだと言っても状況は何も変わりません。Kが下宿に転がり込んでくる前なら効果がありましたが、Kが思い詰めたこの状況で先生とKがこの恋愛問題について話し合っても、Kの一方的な翻意《ほんい》を引き出すことは難しいからです。もし「お互いの友情のために二人とも諦めよう」という結論になれば先生の想いは遂げられませんし、あるいは「御嬢さんに決めてもらう」となれば、魅力度はKの方が圧倒的に上なので、先生には勝ち目がありません。

ですから、この時点で告白するのは遅きに失した感が否めないのです。ならば奥さんに御嬢さんとの結婚を懇願した方が、卑怯ではあっても、自分の恋愛を成就《じょうじゅ》するという意味では、優れて合理的な選択だったというわけです。

④先生が御嬢さんとの結婚が決まったことをKに言わなかった

したがって、現代のわたしたちには、先生の奥さんへの直接行動は非常に奇異に見えますが、状況が逼迫《ひっぱく》していた以上、むしろ納得できる行動でした。自由恋愛が少なく、恋愛で結婚に至るにしても、親の許可が必要だった時代ですから、決して不自然ではないのです。

考えてもみてください。先生の「売り」は東京帝国大学の学生であり、親の遺産を多少なりとも受け継いだという2点です。人間的な魅力の点からは、完全にKに負けています。ならば、高学歴と遺産という２つの武器をもって奥さんを攻め、御嬢さんとの結婚に持ち込むのが正しい選択ではありませんか。まだ20歳未満の女子に学歴だのお金だのといってもそれほど響きません。しかし、経済的に苦労している奥さんには大いに響いただろうからです。

先生は、仮病で学校を休み、奥さんと二人きりになったときに突然「奥さん、御嬢さんを私に下さい」と言います。「下さい、是非下さい」「私の妻《つま》として是非下さい」と。

奥さんは、拍子抜けするくらい簡単に、「宜《よ》ござんす、差し上げましょう」と言い、その日のうちに奥さんは御嬢さんにその旨を伝えました。御嬢さんに伝えたのは当時の実情からすれば形式的なもの。奥さんが承諾《しょうだく》した時点で、結婚は決まったことになります。

問題なのは、その後の先生の行動です。ここが非常に不可解な点で、先生は再び「何もしない」に逆戻りしてしまいます。つまり、結婚が決まった先生は、その時点でＫにすべてを告白してもよかったはずです。もう引き返せない道を選んでしまったわけですから。御嬢さんのことはＫが引っ越してくる前からずっと好きだった、先にＫに告白されてびっくりしたけれど、自分は御嬢さんを諦めきれない、そこで奥さんに相談したら結婚を認めてくれた、こんな卑怯な私を許してくれ、といったところでしょうか。経緯を真摯《しんし》に説明し、許しを乞うてもよかったわけです。

ところが先生はずっと黙ったままでした。「私は色々の弁護を自分の胸で拵《こし》らえて見ました。けれども何《ど》の弁護もＫに対して面と向うには足りませんでした。卑怯《ひきょう》な私は終《つい》に自分で自分をＫに説明するのが厭《いや》になったのです」。先生のこの態度、到底理解できません。

なぜなら、今回の一連の行動はいずれＫにわかってしまうからです。Ｋを出し抜き、奥さんに直接かけ合ったところで、御嬢さんと結婚することは、遅かれ早かれＫに知られてしまうのです。ならば、親友として最大限できることは、事後処理をスムーズに行なうことではなかったでしょうか。

やってしまったことは仕方がありません。恋愛バブルの勢いに任せて、御嬢さんとの強引な結婚にこぎ着けたのは卑怯なふるまいでしたが、恋の成就という観点からは合理的な選択でした。

しかし、その行動は、親友Ｋに対してだんまりを決め込む理由にはなりません。言い換えると、卑怯なことをした事実とそれをＫに説明するかどうかは別の話です。先生は、いずれは発覚するにもかかわらず、Ｋと向き合うことから逃げてしまったわけです。

しばらく日をおいて、Ｋは奥さんから先生と御嬢さんが結婚することを知りました。その日のうちに、Ｋは自室で自死します。無理矢理Ｋを自殺させるために、漱石は、先生に何も言わせなかったのかと勘繰りたくなります。したがって、漱石のこのターニング・ポイントでの一連の描写は、わたしには納得のいくものではありません。

⑤Ｋが自殺してしまう

５つめのポイントは、Ｋの自殺です。なぜＫは自殺を選んだのか？　視点を先生からＫに移して、その意思決定を探ります。漱石はどのように自殺を正当化して書いているのでしょうか？

これが驚くべきことに、漱石による理由の描写はありません。Kの遺書には理由は何も書かれていないのです。単に「自分は薄志弱行で到底行先《ゆくさき》の望みがないから、自殺する」という抽象的な表現だけでした。遺書に御嬢さんとのことが一切触れられていないので、先生にしてみれば、逆に御嬢さんとの恋愛が原因だと解釈するほかありませんでした。言い換えると漱石は、先生の裏切りによる失恋のせいでKが死を選んだと解釈されることを望んだかのように、自殺の理由については何ひとつ書いていないのです。

しかし、失恋したからといって自殺するなんて行為に及ぶことはありませんよね。なにしろわたしたちは誰でも失恋を経験するものだからです。とくに男性は失恋する動物です。いちいち自殺していたら、命がいくらあっても足りません。そもそも失恋の痛手は時間が解決してくれるのですから、心配はいりません。この世の中に、生命より重要な恋愛というものは存在しないのです。

そもそも1つの人生を選ぶということは、別の人生を選ばないということ。Kの場合、自殺したということは、自殺しない場合に生じたであろう人生を選べなくなってしまったということです。いわば自殺しない場合の人生を損失したのです。

ここで生じる二者択一の問題を経済用語で**「機会コストの損失」**と呼んでいます。機会コストの損失とは、１つの選択をすることによって、別の選択で得られたであろう利益を失うことを指します。Ｋは自殺を選んだわけですが、自殺しなかったときに得られた利益はすべて失われてしまいました。Ｋの場合、機会コストは多大であったと考えられます。なにしろＫは先生と同じ東京帝国大学の学生です。当時の帝大生は、現在の東大生とは比較にならないくらいの超エリート。加えて、前述のとおりＫは高身長で性格もよく、男らしく、知性にも優れています。新しい素敵な恋愛をすることもできたでしょうし、仏教を究《きわ》めて偉大な宗教家になることも可能でした。素敵な人生が待っていたはずですが、それをすべて喪失してしまいました。その自殺の理由が、御嬢さんとの恋愛が成就しなかったから、なのでしょうか？

漱石も失恋だけでは自殺する理由として不十分だと考えたのでしょう。小説中で先生は、ほかの原因、たとえば孤独も原因だったのではないかと思い直したりもしています。しかし、はっきりしたことは作中ではわかりません。漱石はＫの自殺の理由をあいまいにし、わたしたち読者は納得のいく説明なしに次の事件へと連れていかれてしまうのです。

⑥先生も自殺してしまう

他方、先生の自殺はどうなのか？[*3] こちらの方がまだ理解できます。[*4] なにしろ『こころ』という小説全体が、なぜ先生が自殺したのかを解明する内容だからです。漱石はおそらく、全体のプロットが決まったうえで書き始めたはずです。「私」がいて、「先生」がいて、親友「K」がいて、「御嬢さん」と「奥さん」がいる。三角関係の中で、先生がKを出し抜いて自殺に追いやり、最終的に先生もまた自殺するといったところまでは事前に決まっていたはずです。したがって漱石は、その結末に向けて、随所に「なぜ先生は自殺したのか？」の答えをちりばめておきました。

表向きの理由は親友を死に追いやった罪悪感です。Kを出し抜いたのはもちろん、その後Kに対して何の事後説明もしません。Kの死に直面してもオロオロするばかりで速やかな措置をとりませんでした。自分の妻となった御嬢さんにもKとの経緯を教えていません。それでいて妻とは精神的な距離をおき、妻の方ではそんな体裁を取り繕《つくろ》うかのような関係を悲しみます。結婚後も八方ふさがりな状況が続きます。

もう1つ考慮しておかなければならないのは、結婚したのちは御嬢さんへの恋愛バブルがはじけていただろう点です。冒頭に恋愛バブルは1年半～2年ほどで消滅すると申し上げました。小説内では、結婚してから何年経過しているか正確な記述はありませんが、推定するに結婚後12年は経っていますので、結婚生活を送るうちに、新婚当時に存在したドキドキ感はなくなっていたことでしょう。したがって、結婚当初は妻と死別することにためらいがあったでしょうが、恋愛バブルがはじけるにしたがって、相対的に罪の意識からくる厭世観を増大させ、死の想念《そうねん》に取り憑《つ》かれていっただろうことは理解できます。

きっかけは、明治天皇の崩御と乃木大将の殉《じゅん》死《し》でした。先生の自殺は「明治の終焉」をシンボリックに描いたとする解釈がありますが、あながち間違った解釈ではありません。

∴

現代の観点からすると、ここまでの6つのターニング・ポイントのうち、少なくとも②、④、⑤の3つに関する限り、漱石の描写は十分ではありませんでした。「なぜ？」への答えが書かれていないのです。したがって、この小説はストーリーとしてはたいへんおもしろいのですが、現代のわたしたちだったら先生やKとは異なる行動をとるはずなので、ところどころ釈然としない読後感が残るわけです。

最後に残る疑問

恋愛というテーマからやや離れますが、最後にもう1つ解き明かさなければならない、おぞましい問題があります。名作と呼ばれる小説は「説かず、描かず」となりがちです。余韻《よいん》をもたせたところ、あえて描写していないところに、著者が書こうとした小説の本質が隠れている場合が往々にしてあります。

『こころ』の場合、その隠されたおぞましさとは、

「私」は、先生の遺書を読んだ後、どうしたのか？

という疑問です。

「私」だけに送られた遺書ですから、自分だけの秘密にしておくべきものでしょう。たしかに先生の遺書の最後に「私が死んだ後《あと》でも、妻が生きている以上は、あなた限りに打ち明けられた私の秘密として、凡てを腹の中にしまって置いて下さい」とあります。

しかし、だからといって、「私」は先生の奥さんにこの秘密を黙っているでしょうか？実は『こころ』の随所に、きっと「私」は奥さんに遺書を見せてしまうだろうと思わせる性格が描かれています。とくに第一部の「上　先生と私」には、「私」の性格について丁寧な描写があります。

まず好奇心が旺盛です。見ず知らずの先生のあとをつけたり、積極的に先生に声をかけたりします。また、不《ぶ》躾《しつけ》なきらいがあり、先生の奥さんには「今奥さんが急に居なくなったとしたら、先生は現在の通りで生きていられるでしょうか」などと問い詰めたりします。さらには直情的でもあります。なにしろ、実の父親が危篤《きとく》であるのに、先生のことが心配になったあまり電車に飛び乗ってしまうわけですから。

こんな直情的な性格ですから、「私」は先生の奥さんに遺書が存在する事実を教えてしまうだろうことが推測されます。

結局、「私」は先生を裏切ることになります。というよりも、はっきりと裏切りました。その裏切りというのが、この「手記」、つまりこの『こころ』なのです。『こころ』は、「私」が書いた手記であり、おおやけになったものですから、奥さんはこれを読んで先生の自殺の経緯を知ったことでしょう。

どうしてわかるのか？　それは「上　先生と私」の十二に

　奥さんは今でもそれを知らずにいる。

（同、40頁）

とあるからです。文章は現在進行形になっています。この一文こそ、奥さんがまだ存命中で、この手記によって、先生の過去を知った事実を暗示しています。

続いて、「私」は以下のようにも述べています。

　私は今この悲劇に就いて何事も語らない。

（同、40頁）

これはうそです。なにしろこの小説自体が先生の秘密の暴露であり悲劇を語っているものだからです。ですから、「私」は、先生を裏切っていることになります。では、そんな「私」

の裏切りに対して、先生は草葉の陰でどんなふうに思うでしょうか？　なんてひどいことをと憤慨するでしょうか？

　いいえ、そうはなりません。先生は「私」が遺書を奥さんに見せることを前提にして渡しているのです。先生にとって「私」は赤の他人です。先生がずっと言わずにきた秘密を「私」にわざわざ教える必然性がないのです。先生は遺書の中で「貴方に対する私の義務」と書いていますが、先生が「私」に長い手紙を書くべき「義務」は、作中にはまったく見あたりません。「私」は先生の子どもでも親戚でもないわけですし、単に最近知り合った学生にすぎないのです。

　以上を勘案すると、奥さんに先生の過去の秘密を明かすために、「私」が選ばれたという結論にたどり着きます。「私」の役割は、先生の死後に先生と奥さんをつなぐメッセンジャーだったのです。先生は遺書の中で、奥さんに何も言わないで死んでゆくのは「ただ妻の記憶に暗黒な一点を印《いん》するに忍びなかったから打ち明けなかったのです。純白なものに一雫《ひとしずく》の印気《いんき》でも容赦なく振り掛けるのは、私にとって大変な苦痛だったのだと解釈して下さい」とつづっていますが、この「私にとって」がキーワードです。先生は、自身の手で真実を告げることから逃げ、奥さんの記憶に暗黒な部分を残したくなかったのです。

このように、先生とは、決して自分では何もしない、卑怯な人間なのです。

恋愛とは、冷静と情熱のあいだのもの

漱石の描写の合理性はともかくとして、この名作を読むことで、わたしたちの恋愛に役立てられる点があります。

1つは、恋愛バブルが生じると突拍子もない行為に走りがちですが、恋愛は節度をもって行なわなければならないということです。人を好きになると、現代のわたしたちも先生のように平気で常軌を逸してしまう可能性があります。たとえば、相手のことを想いすぎて仕事や勉強がおろそかになったり、嫌がる相手にしつこく迫ったり、返信が来ないと思って何度も連絡したり、というのがそのほんの一例です。恋愛が社会に生きる人間同士で行なわれる営みである以上、当然それはルールを守ったうえでの話でなくてはなりません。

もう1つは、バタフライ効果に照らして鑑みると、先生の「何もしない」という意思決定こそがその後の人生に悪影響をもたらしたという点です。通常は蝶々のはばたきのような「行動」が未来に影響を及ぼしますが、ときには何もしない「非行動」も人生に影響を与えうるということです。

わたしたちの場合で考えると、「面倒だ」「仕事が優先だ」といって、恋愛について何も行動しないと、いたずらに年齢を重ねて、恋愛をしたいと思ったときにはすでに難しい状況になっていることが考えられます。ですから、非行動より行動です。ぜひ素敵な恋愛に向けて行動してみてください。「何もしない」よりずっと素敵なことが起こるに違いないのですから。

＊1　Brian Wansink and Jefferey Sobal. (2007) "Mindless Eating: The 200 Daily Food Decisions We OverlooK." Environment and Behavior. 39, 106 ~ 123.

＊2　もう1つ気にかかるのは、吉本隆明が指摘するように、先生の御嬢さんに対する「性欲」の部分の描写の欠如である。先生が「宗教的な感情に近いところまで美化」するといった精神的な恋愛感情をいだいていることは理解するものの、その対極にある御嬢さんへの「性欲」が描かれていないのは「ふつうでない」と評している。20歳前後の男性に性欲があることは自然であり、男性の場合、何日かに一度は必ず貯まった精子を体外に出さなければならない肉体的なしくみになっている。したがって男性である以上、御嬢さんは、精神的な恋愛の対象であると同時に、性的な対象でもあったはずである。当時は現代のように、性的な情報が簡単に入手できる時代ではな

いので、身近な女性が性欲の対象になることは多かった。その性的な部分の記述がまったくないのはいかにも不自然と言うほかない。詳しくは吉本隆明（２００９年）『夏目漱石を読む』ちくま文庫。

＊3　この点について、江口渙は、直接、漱石と意見を交わしているので、ここに紹介する。漱石の考えが知れておもしろい。（江口渙〈１９９５年〉『わが文学半世紀』講談社文芸文庫。《》は引用者による補足）

《江口》「先生の『こころ』の主人公はおしまいに自殺しますが、あの場合、自殺したって何にもならないと思いますけれど、どうでしょうか。」

《漱石》「どうしてだい。」

《江口》「だって、いくら自殺して見たところで、罪はちっとも消えやしないじゃありませんか。」

《漱石》「消えないかい。」

《江口》「消えませんね。」

《漱石》「どうして消えないんだい。」

《江口》「いやしくも一たんおかした以上、罪というものは、いくら死んだって生きたって、永久に消えませんよ。」

《漱石》「そうかな。消えないかね。そいつは弱ったなあ。」

柔らかな微笑があいかわらず漱石の顔にわきつづける。（中略）

《漱石》「しかし、君。」

こんどは漱石が説得的な調子でいった。

《漱石》「消えないかもしれないが、許されはするだろう。何しろ、生命を断ち切って謝罪するんだから。」（中略）

《江口》「それに、第一、自殺するなんて、卑怯ですよ。生きていてもっともっと苦しまなけりゃ。」

《漱石》「卑怯かねえ。そいつはますますこまったなあ。」

だが、漱石の顔には、一こうにこまったような様子が見えない。軽い微笑はもとのままだ。

《江口》「それにあの場合、自殺そのものが不自然ですねえ。」

《漱石》「そうかねえ、不自然かねえ。」

私の言葉がおわるが早いか、不思議そうにこう訊《き》き返えした漱石の顔は、それまでと打ってかわってすっかり真顔になっていた。

《漱石》「自分じゃ、ちっとも不自然だとは思わないがね。むろん、もう一ペン読みかえして見なけりゃはっきりしたことはいえないけれど……。」

＊４　このテーマ「先生の自殺は当然のなりゆきか?」については、『こころ』の出版以来、批評家の間でもっとも議論が盛んになった点である。大岡昇平などが不自然派の急先鋒であったが、詳細な歴史的経緯については、仲秀和（２００１年）『漱石　―『夢十夜』以後―』和泉選書に詳しい。わたしは納得できるとする自然派の立場をとった。

第２章

エリスを残して帰国した豊太郎は本当にクズ男なのか？

森鷗外
『阿部一族・舞姫』
新潮文庫

漱石の『こころ』に続いて取り上げるのは、明治の二大文豪のもう一人、森鷗外《もりおうがい》の『舞姫』です。

『こころ』は教科書に登場するくらい馴染み深い作品ですが、こちらの『舞姫』もそれに劣らず人気がある短編小説です。『こころ』は１９１４年に出版されていますが、『舞姫』はさらに時代をさかのぼった１８９０年に世に出ています。

文語体で書かれた文体はたいへん格調高いのですが、現代人が読むにはいささか難しい作品です。わたしは新潮文庫で読み、理解できない部分は井上靖《いのうえやすし》の現代語訳を参照しました(井上靖訳『現代語訳　舞姫』ちくま文庫)。小説の内容を理解するためなら、現代語訳のみでもまったく問題ないでしょう。

主人公は超エリート官僚

主人公の太田豊太郎《おおたとよたろう》は、小さい頃から勉強が得意で、なんと19歳で東京帝国大学法学部を卒業します。希代の秀才ですね。卒業後は、当然のごとく期待されて「某省《なにがししやう》」に入省します。その省庁は明らかにされていませんが、今でいったら、財務省や外務省といった中央官庁に入って国家公務員になったということです。現実の鷗外は陸軍で軍医総監《ぐんいそうかん》まで務めた軍官僚だったので、陸軍省と解釈しても問題ありません。いずれにしても将来を嘱望《しょくぼう》された超エリート官僚です。

22歳のときに、上司の「官長」に気に入られて、政府派遣団の一員としてベルリンに留学することになります。ドイツで3年過ごすうちに、欧州の文化に触れて、しだいに自由を満喫するようになってゆきます。ついには、国家のための小さい歯車の1つとして、官僚組織で受動的かつ機械的に生きる自分に疑問をもち始めます。

そんなある日、教会の隅で泣く少女、エリスに出会います。年齢は16、17歳でしょうか。泣きながら、家が貧乏で、亡くなった父の葬儀代が出せないので助けてほしいと訴えます。不憫《ふびん》に思った豊太郎は少々の金品《きんぴん》を与えますが、それが縁で次第にお互いを愛するようになってゆきます。エリスは場末の劇団「ヰクトリア座」のダンサーでした。

相思相愛なのですが、普段から豊太郎を快く思わない知人に、「（豊太郎が）屢々《しばしば》芝居に出入して、女優と交る」と日本大使館に報告されたことが原因で、日本からの留学資金が止められ、官僚を辞めさせられてしまいました。

金銭的に困り果てますが、友人の相沢謙吉《あいざわけんきち》の計らいによって、日本の新聞社のドイツ特派員のような仕事を紹介してもらい、なんとか食いつなぐことができるようになります。そして豊太郎は、エリスの家に彼女の母親とともに三人で住むようにもなりました。同棲生活の始まりです。恋人同士ですから、肉体関係も当然あります。やがてエリスは悪阻《つわり》のような症状が出て、妊娠していることが発覚します。

そんなとき、相沢が秘書官として仕える天方《あまがた》大臣が海外使節団としてベルリンを訪れます（天方大臣のモデルは山県有朋《やまがたありとも》）。その際、相沢が天方大臣に面会できるように手配をしてくれ、大臣は豊太郎に書類をドイツ語に至急翻訳するように依頼します。その仕事ぶりがよかったのか、豊太郎は大臣に気に入られました。

一方で相沢は、エリスとの恋愛を諦めて日本に帰国すべきと豊太郎を説得します。豊太郎はしぶしぶながら「この（エリスとの）情縁を断たん」と約束しますが、とはいえこのままエリスとともにドイツに残るか、それとも相沢の忠告を受け容れて一人で日本に帰国するかという選択で悩み続けます。

このような状況の中、大臣は豊太郎に「われと共に東《ひんがし》（日本）にかへる心なきか」と問います。事情を打ち明けるべきか迷いますが、とっさに「承はり侍《はべ》り（承知しました）」と答えてしまいました。しかし「弱き心」の豊太郎は、そうは言ったものの、その後もどうすればいいかを決めかね、苦悩のあまり倒れてしまいます。

その見舞いのため豊太郎宅を訪れた相沢は、エリスに豊太郎と大臣のこれまでのいきさつを告げてしまいます。実は豊太郎は日本に帰国することに同意したのだと。ショックを受けたエリスは過剰な心労で精神病を患ってしまうことになります。

最終的に、豊太郎はエリスの母親に今後の生計を営むに足るいくばくかのお金を渡し、帰国の途につくところで物語は終わります。

『舞姫』は純粋な恋愛小説である

最初に明確にしておきますが、こうしたあらすじが示すとおり、『舞姫』は恋愛小説です。これ以上たしかなことはありません。

しかしながら、文学研究の世界では、『舞姫』のテーマが何であるかという問題提起がなされています。たとえば山崎國紀《やまさきくにのり》の『鷗外　森林太郎』では次のように述べられています。

さて、『舞姫』は何を物語ろうとしているのだろうか。この問題には現在でもさまざまな捉え方がある。官僚制への批判説。日本近代の脆弱さへの批判、実在のエリーゼ問題を解決し、今後官僚として強く生きていくという弁明、宣言の書であるとする説、また小堀桂一郎氏の言

う「彼の西欧文化への訣別の悲しみ」（前掲書）を述べたものとする説など数え切れない。

（山崎國紀『鷗外 森林太郎』人文書院、90頁）

文学者という人たちは、みなさんこのように考えるのでしょうか。[*1] びっくりします。たしかに『舞姫』では官僚制が批判されていますし、豊太郎は西欧文化に別れを告げ、日本へと回帰しました。しかし、深読みではありませんか。それらを主題とするのはちょっと違うのではと思ってしまうのはわたしだけでしょうか。

わたしは『舞姫』は完全に恋愛小説だと思うのです。豊太郎とエリスとの恋物語です。だから題名が『舞姫』となっているのです。

では、恋愛の何が主題となっているか？ ここが考えどころです。『舞姫』が出版された当初から巻き起こっていた「舞姫論争」[*2]の主題が、恋愛の知見を深めるうえでもっとも意義があると思われます。その主題の1つとは、

豊太郎は立身出世を捨て、恋愛をとるべきであったか？

でしたが、現代的に考えると、

もしあなたが豊太郎だったら、同じ判断をしたか？

となります。このテーマに沿って『舞姫』を読みとくのが、現代に生きるわたしたちにとってもっとも有益です。なぜなら、わたしたちも豊太郎と同じように、恋愛や結婚に関して二者択一の選択をしなければならない状況に直面することがしばしばあるからです。そのようなときにどうしたらいいいかをこの小説は教えてくれます。

豊太郎の選択は正しかったのか、それとも帰国すべきではなかったのか。鷗外は「功名と愛の葛藤」の問題を読者に問うているのだと思います。これは簡単そうで難しい問題です。鷗外は、『高瀬舟』における弟殺しの喜助のように、善悪の判断に苦しむ状況を設定して、後世の読者に宿題を残したのかもしれません。

したがって今回は作品を闇雲に斬ることはしません。鷗外が問うテーマに沿いながら、わたしたちの現在の恋愛に役立てていくというアプローチをとります。

豊太郎はクズ男？

それにしても、この豊太郎、『舞姫』発表当時の文壇でも昨今のｗｅｂ界隈でも評判は芳《かんば》しくありません。今日では非難轟々《ひなんごうごう》の嵐で、「男らしくない」とか、「汚い」「嫌い」「クズ男」といった言葉までもが躍っています。完全に悪人扱いです。このように考えている人にとって、先ほどの問いへの答えは、もちろん豊太郎はドイツに留まるべきだったということになります。

果たしてそれが豊太郎にとって最良の選択だったのでしょうか。エリスにとっては最良だったかもしれません。でも豊太郎にとっては？

どちらを選ぶにしてもギリギリの選択だったはずです。ｗｅｂ上では豊太郎を責める見解が優勢のようですが、わたしとしては納得できません。あまりに一方的です。したがって、ここでは豊太郎を弁護する立場をとってみることにします。

帰国を選んだとしても仕方ないと言える理由は２つ挙げられます。１つは**「恋愛市場」**の特徴という見地から、もう１つは**「費用対効果」**を考慮する立場からです。

「恋愛市場」では恋愛関係の解消は自由

『舞姫』における豊太郎の心情を理解するうえでまず知っておくべきは、**「恋愛市場」**の特性です。恋愛市場とは経済用語ですが、そんなに難しい話ではありません。たとえば職場や飲み会、あるいは学校といったように、男女の恋愛関係が生じる場所が存在しますが、そのような場所のことを経済学では「市場」と呼びます。野菜を売っている市場や株の売買をする市場とまったく同じです。誰も自分が参加しているという意識はないのですが、恋愛市場は24時間３６５日開いているものです。わたしたちは、好むと好まざるとにかかわらず、また未婚でも既婚でも、この市場に必ず入っています。

恋愛が取引される市場には、その関係の長さによって**「恋愛市場」「結婚市場」「浮気市場」**の３つに分類されます。

この３つの市場は

- **恋愛市場…お互いを中期保有しようとする**
- **結婚市場…長期保有を原則とする**
- **浮気市場…一夜の関係に代表される短期保有を前提とする**

といった違いがあります。また、いったん築かれた関係が継続していることを意味する用語を**「保有」**と言い、期間の短い順に並べると、短期的な相互保有が浮気、中期的な相互保有が恋愛、長期的な相互保有が結婚となります。

「恋愛市場」「結婚市場」「浮気市場」は、同じような市場ではありますが、その内実は大きく異なるものです。基本的には、恋愛したい人は恋愛市場に、結婚したい人は結婚市場に、浮気したい（セックスだけしたい）人は浮気市場に集まります。もちろん、結婚を視野に入れて恋愛したいとか、恋愛も結婚も一夜の関係も相手次第と考える人にとって、市場は相互に交じり合うものであり、各々が閉鎖的というわけではありません。

『舞姫』で描かれている市場は、「恋愛市場」です。豊太郎は、エリスを結婚相手として見ているわけでも、一夜限りの浮気相手として見ているわけでもありません。豊太郎は恋愛市場に入って、エリスを好きになりました。

中期保有の恋愛関係でもっとも重要なのは、手続き的にもコスト的にも関係解消が比較的簡単に行なわれる点です。

結婚という長期保有では関係解消に多くの時間とエネルギー、さらには金銭を必要とします。しかし恋愛関係では、一方の通告のみで関係が解消されます。別れたとして、慰謝料も養育費も必要ありませんので、比較するとコスト的にはたいへん軽微です。

このように関係を解消する側は相手を「ふる」と言い表し、解消される側は「ふられる」となり、一般的には後者を「失恋」したと表現します。何が言いたいのかというと、長期保有である結婚をしていない以上、一方が他方に対してどんな理由でいつ別れても、恋愛市場である限りは許される、ごく日常的な出来事であるということです。

「エリスを捨てた」と非難する人がいますが、恋愛においては、単に豊太郎がエリスをふったということですから問題はありません。豊太郎がエリスをふるというのは、一方がそう判断したということであり、相手も受け容れなくてはならないものです。豊太郎とエリスの恋愛なわけですから、豊太郎が一方的に通告することになるのも仕方ありません。これが結婚していたらもちろん話は別です。お互いが合意して離婚届を提出しない限り、関係を解消することはできません。しかし、恋愛関係の解消はあくまで心情的な問題に留まるのです。

話はそんなに簡単ではないとおっしゃる方がいるかもしれません。エリスと同居していたのだから、その責任はどうするのかと。たしかに豊太郎とエリスは同棲していました。しかし現在の日本でも同棲している人たちはいます。そのまま結婚に至る場合もあれば、別れる場合もあるでしょう。しかし同棲をしているからといって、必ずしも結婚しなければならないわけではないのです。

あるいは、エリスとの間に子どもができた事実を指摘される方がいるかもしれません。もちろんそれは非常に重要なポイントです。本来ならば、豊太郎は子どもをどうするかについてエリスと真剣に話し合わなければなりませんでした。

ところが、エリスは精神病にかかって正常な判断ができる状態ではなくなっていましたし、豊太郎は天方大臣とともに帰国する期日が迫っていました。ここで豊太郎が正しく選ぶべき道は、エリスが子どもを出産し、病気の回復が見込めるかどうか判断してから日本に帰国することだったろうと思います。可能であればそうすべきでした。

しかし、天方大臣にはこうした複雑な事情を伝えていませんでしたし、たとえ話したところで豊太郎の帰国の話が破談になっただろうことが容易に推測されます。したがって豊太郎としては、精神病のエリスとともに子どもを育てていくか、もしくは子どもをエリスと母に任せてドイツを離れるかの二者択一しかなかったのです。

『舞姫』の結末には、エリスの保護者である母親に生活費を渡したという記述があります。これは母親と豊太郎の間で、エリスと子どもの問題に関して、金銭的な方法で解決を図るのに合意したということです。支払われたお金の額が非常に重要ですが、正確な金額が書かれていないので、その点についてはなんとも言えないところではありますが。

豊太郎の帰国をめぐる費用対効果分析

2つめに考えるべきは、ドイツに留まるか日本に帰国かの二者択一において、豊太郎の損得勘定が働いた点です。損得勘定というと悪意があって公平ではありません。豊太郎が**「費用対効果」**の分析（Cost-Benefit Analysis）をした、ということです。

1つの意思決定には必ず良い面と悪い面が共存しています。それらを総合的に考えて、意思決定をするのがわたしたち人間です。豊太郎は自分の立場について詳細に費用対効果の検討をして、エリスと別れる決断をしたわけですが、その結論に至るまでに勘案《かんあん》した2つの選択肢の長所と短所は以下のとおりです。

①ベルリンに留まった場合の費用対効果

「ベルリンに留まる」場合の長所は以下の2つが考えられます。[*3]

1つは、ドイツという自由な社会で生きていけることです。小説中には「明治廿一年」という年代が出てきますが、それはこの『舞姫』の作品世界が、江戸時代からまだ20年あまりしか経過していない時点の出来事であることを意味しています。明治維新の以前は「家」を基盤に社会が機能していて、代々受け継がれる財産、名前、血縁を結びつけていたのもまた家でした。そして、そうした家を守るための手段として「結婚」がありました。このような前時代のなごりが、『舞姫』が書かれた当時の日本にはたしかに存在していたのです。しかしドイツに留まれば、そうしたしがらみから解放されます。さらには厳格な上下関係がある官僚組織からも自由になれたわけです。

2つめは、エリスとの子どもを育てることができる点です。人生で、子どもをもつ幸せは何物にも代えがたいものです。愛する女性との間に初めての子が生まれ、育てる喜びを味わうことができる。豊太郎も「貧きが中にも楽しきは今の生活、棄て難きはエリスが愛」と述べていますから、慎ましいながら幸せな家庭を築くことに意欲がありました。もちろん、エリスの健康次第といったことはあったにせよ、です。

他方、短所としては主に3つ挙げられます。

まず、病気のエリスの面倒をみなければならないことです。精神的に病んでいて、一生回復しないことまで作品中でほのめかされています。正常なコミュニケーションもとれず、入院しっぱなしになるかもしれないので、最悪の事態としてはドイツで父子家庭になります。日本でも父子家庭はたいへんなのに、この時代の異国で子どもを育てていくのは非常に困難なことです。

次いで、経済的な困窮《こんきゅう》です。豊太郎は優秀な男です。日本で働くとしたら、それなりの金銭を稼ぐことは容易だったでしょう。にもかかわらずドイツで細々と生きることに納得できなかったとしても無理はありません。なにしろ帝大を卒業して、ドイツ語とフランス語に堪能。さらには欧州事情に精通していたわけですから、いくらでも将来は約束されていたはずです。せっかくの立身出世のチャンスを逃すことがどうしてもできなかったと推測できます。

第三に、もしドイツに残れば、日本からいっそう取り残されただろうということです。相沢の配慮によって、天方大臣からオファーをもらうことはできました。しかしそれを断ったら、友人の相沢だって呆れて見放すことでしょう。以前のようになにかと世話を焼いてくれることもなくなります。身寄りもなく、エリスとの愛だけを頼りに異国で生きていくのは心細いものです。しかもドイツ語が話せるという前提になってはいますが、まだ5年くらいの滞在なので、ネイティブのように話せるわけではありません。言葉が十分に通じないうえに、唯一頼みのエリスは精神病です。ドイツで生活していく自信がなくなったとしても不思議ではありません。

②日本に帰国した場合の費用対効果

日本に帰国した場合の長所と短所は、ドイツに留まった場合の裏返しです。日本に帰りたいと思う最大の心理的要因は「となりの芝は青い」という点に求められます。ドイツの生活はすでに手に入ったものなので自然と評価は低くなりますが、日本の生活は「となり」のものなので、とにかく魅力的に思えるものです。必ずや日本を美化します。日本食も恋しくなります。日本にいる友だちも懐かしくなります。一生帰国できないと半ば覚悟していたわけですから、よけいに望郷《ぼうきょう》の念が募《つの》ったはずです。

さらに日本に帰れば、官僚に復帰できなくても、別の形で汚名を返上することができます。再び出世コースにのることも可能なのです。

もちろん短所もあります。先述のとおり日本は窮屈《きゅうくつ》です。その窮屈さに再び嫌気がさすことも考えられます。また、エリスとわが子を捨てた罪悪感に苛まれる可能性も否定できません。しかし、結局のところそれらのマイナス要因は、エリスの面倒をみなくてよいとか、父子家庭になるリスクから逃げたいという気持ちに勝ることはなかったのです。人でなしと言われようと、豊太郎にはドイツから逃げ出す少なくないメリットがあったわけです。

帝大卒の優秀な男が、生まれ故郷の日本を離れてドイツに残り、愛する女性は精神病が治る見込みはなく、経済的に困窮したあげく父子家庭になって屋根裏部屋でひっそりと生きてゆく――。これがドイツに留まった場合の豊太郎の姿です。

これでもあなたは帰国を断念できますか？

もしわたしが豊太郎の立場だったら、日本に帰国します。倫理に反し、極悪人と呼ばれようと、2つの選択肢の長所と短所を考えれば間違いなく帰国したことでしょう。

豊太郎を悪人扱いにして「クズ」なんて呼ぶのは、彼の境遇とは程遠い安全地帯で倫理観を振り回しているからこそ言える言葉です。少なくとも簡単な選択ではないことを理解していただけたかと思います。

『舞姫』から学ぶことができる恋愛

さて、ここまで詳しく見てきましたが、豊太郎の選択それ自体は、今回考察したいテーマではありません。2つの選択を斟酌《しんしやく》してみることに意義があったわけで、こうして費用対効果を考えることは、現代の恋愛においてもたいへん役立つからです。

たとえば、わたしたちは現在、恋愛や結婚に際して、以下のような問題に直面する場合があります。

・遠距離恋愛になったら、交際を続けるかどうか？
・二人の男性から同時にプロポーズされたら、どちらを選ぶか？
・自分は相手のことが好きだけれど、両親に猛反対されたら別れるべきか？
・結婚前に恋人の女性が妊娠したら、産んでもらうかどうか？
・相手の浮気が発覚したときには、相手と別れるかどうか？

このように、人生においては二者択一の決断をしなくてはならないときが多々ありえます。

たとえば、二人の男性から同時にプロポーズされた場合を具体的に考えてみましょう。

あなたが女性だとして、二人の男性（A君とB君）からプロポーズされたとします。A君は、年収400万円の公務員、性格も穏やかで見かけも良い男性です。他方、B君は年収800万円の商社マン、性格は攻撃的で浮気性ですが、コミュニケーション能力が高く、一緒にいて楽しい人です。どちらを選びますか？

おわかりのとおり、Ａ君にもＢ君にも長所と短所があります。どちらを選ぶかはたいへん難しい問題です。最後には直感で選ぶというのも考えられないことではありませんが、しっかりとあなたにとっての費用対効果を考えてから決断すべきです。

一人を選ぶということは別の人を選ばないということでもあります。第１章でも述べましたが、ここで生じるコストを経済用語で**「機会コストの損失」**と呼んでいます。機会コストとは、１つの選択をすることによって、別の選択で得られたであろう利益を指します。上記の場合、たとえばＡ君を結婚相手に選ぶとしたら、Ｂ君から得られた利益は失ってしまうということです。恋愛においては、このような機会コストも考えて決断する必要が出てくるということは、覚えておいてもいいでしょう。

『舞姫』から考える同棲

さて、実は費用対効果のほかにも、『舞姫』が提供する斬新な視点があります。鷗外は時代に先んじていろいろなテーマをわたしたちに考えさせてくれているのですが、中でもとくに注目したいのが、**「同棲」**と**「国際結婚」**の２点です。

まず「同棲」です。明治時代に小説内で同棲を描いたことは、実に先見《せんけん》の明《めい》がありました。当時の日本では不可能でしたが、現代社会においてそれはごく普通の恋愛の一形態だからです。『舞姫』の舞台であるドイツはもちろん、たとえば米国では１９９０年代後半には約半数が結婚前に同棲を経験しています。[*4]

わが国の場合は増加傾向にはありますが、割合はそこまで高くはありません。同棲に関するデータが最初に世に出たのは１９８７年のことですが、それによると当時の同棲経験率は男性３・２％、女性２・８％でした。その後徐々に上がってゆき、２０１５年には30代前半の男性では10・４％、女性は11・９％になっています。10年で３ポイントくらいのペースで上昇している計算になります。

また、年齢別の同棲経験率は、**図2―1**に掲げたとおりです。当然のように、年齢が上昇するにつれ経験率が上がっています。同棲する理由としては、お互いを保有したいという若者特有の恋愛バブルがまず挙げられます。そのほかの要因としては、社会的に認められるようになったという時代背景や、同棲の方が経済的に効率的であることなどが考えられます。

ただし、同棲しても、それが結婚に直接的に結びつくかというと難しい面があります。たとえば、男性の心理として、基本的に結婚には消極的になりがちです。結婚とは母子に有利

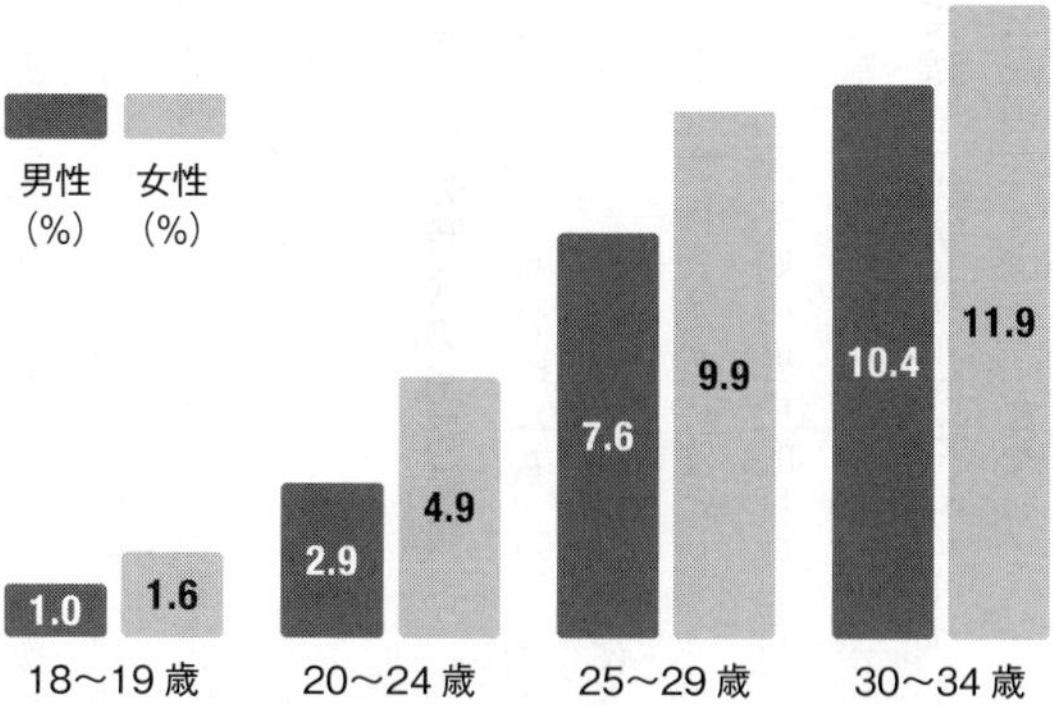

図2-1　年齢別同棲経験率（出典：国立社会保障・人口問題研究所）

なシステムであり、わざわざ苦労する結婚に飛び込みたくないという心理が働くからです。お金は妻の管理下におかれ、独身時代のような自由はなく、子どもができれば子ども中心の生活が始まり、ますます制約が多くなる。したがって、男性がプロポーズするときとは、結婚して初めて手に入るものがあると考えた場合だけです。

一方で同棲は、男性にとって結婚後にしか叶わないはずのものが結婚前に手に入るものなのです。まず相手を独占的に保有することができます。お互いの合意があれば好きなときにセックスできます。おいしいごはんをつくってもらえるかもしれませんし、家事の負担も減ることでしょう。さらには家賃も折半になる可能性もあります。入籍することなしに、結婚後でしか得られない利益を享受《きょうじゅ》しているのが同棲なのです。

ですから、女性としては、同棲を始める際に入籍の約束をしてからでないと、男性の結婚への意欲が乏しくなってしまい、結婚に至るには相当のエネルギーが必要となる点を承知しておくべきです。『舞姫』の豊太郎とエリスも、結婚することなく破綻してしまった同棲だったわけですから。

『舞姫』の時代の国際結婚

もう１つの現代的な視点は、「国際結婚」です。最終的に豊太郎とエリスは国際結婚していませんが、その可能性は十分にありました。
それを阻んだものの１つに、当時は国際結婚が稀少であった点が挙げられます。ここではまず、国際結婚の歴史的推移を見てみましょう。
そもそも国際結婚とは、国籍が異なる男女の間に行なわれる婚姻を指します。法律用語としては、「渉外婚姻」といいますが、明治時代には「雑婚」と訳されたこともあります。もちろん現在では死語となっている言葉です。[*5]
１８７３年（明治６年）の「太政官布告《だじょうかんふこく》第１０３号」をもって、日本でも国際結婚が成立することになりましたが、すべては政府の許可を必要としました。明治時代以前には、徳川家康に仕えた三浦按針《みうらあんじん》（ウィリアム・アダムズ）と日本人女性おゆきが夫婦になって子をもうけたという記録が残っていますが、[6]小山騰《こやまのぼる》によれば、「国際結婚」の第一号は、1872年（『舞姫』発表の18年前）に英国に留学していた南貞助《みなみていすけ》と、英国人女性エライザ・ピットマン（Eliza Pittman）の二人。翌年6月3日に日本政府太政官に許可されたことで、法律上の第一号となりました。[7]

こうした事例はありつつも、嘉本伊都子《かもといつこ》によると、1889年に英国公使ヒュー・フレイザーの妻メアリーが、築地の孤児院を訪問した際に興味深い言及をしています。「日本人との国際結婚で生まれたこの上なくかわいい優雅な少女も、ひとりふたりいます。……悲しいことに、少女たちの中に、二、三人、そのヨーロッパの父親が、日本から離れてしまおうと考えて置き去りにした子がいる」。つまりは当時、正式に国際結婚をしたわけではない二人の間に生まれた婚外子がたくさんいたということです。[8]豊太郎の逆パターンですね。

国際結婚は維持することが難しい

この婚外子の記録はたいへん重要な点を示唆しています。というのも、現在の日本の国際

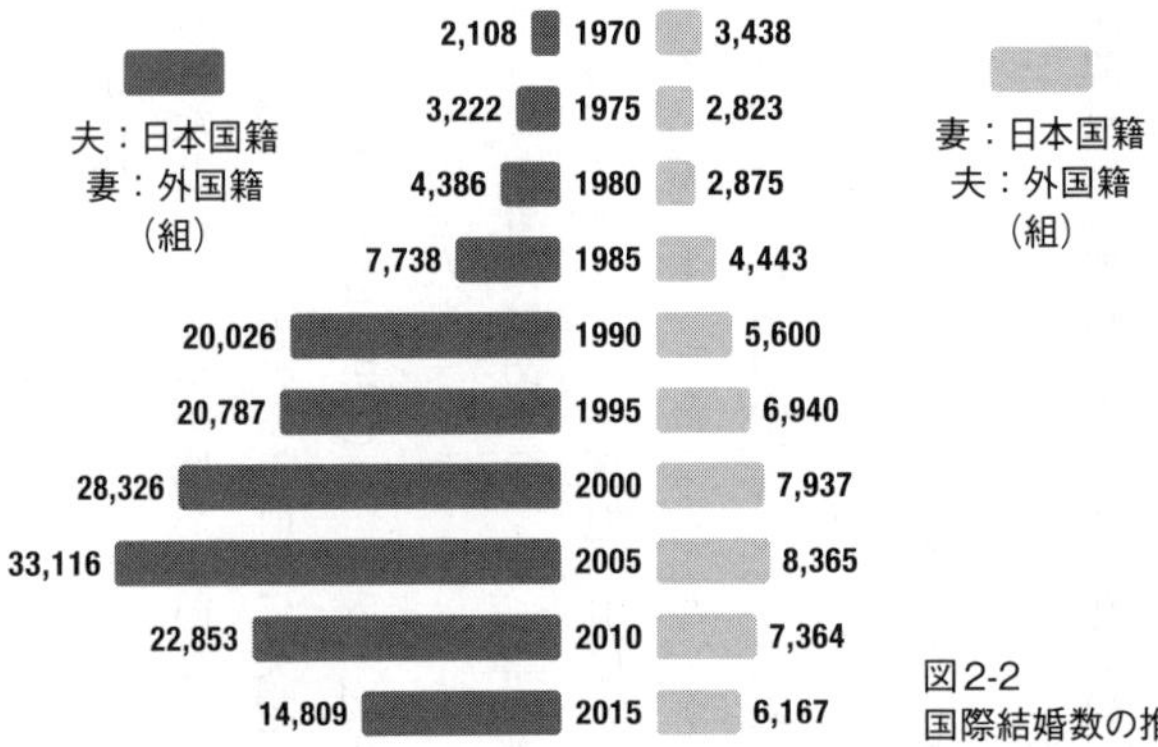

図2-2
国際結婚数の推移
（出典：総務省統計）

結婚の数が、２００５年をピークに減少していることと無関係ではないからです。

総務省の統計による、１９７０～２０１５年の国際結婚数の推移を**図２―２**に示します。

１９７０年の時点では、夫日本国籍／妻外国籍のカップル数より、妻日本国籍／夫外国籍の数の方が多いことがわかります。この数字は１９７５年に逆転し、１９８５年に山形県朝《あさ》日《ひ》町《まち》が過疎化を食い止める施策として、フィリピン女性を集団で花嫁に迎えた事例がメディア報道されたことをきっかけに、農村における外国人妻が急増しました。[*9] しかしながら、行政が「結婚」に介入することへの批判から次第に下火になってゆく[*10]一方で、文化の違いによる軋轢《あつれき》、言語問題、離婚、女性の失《しっ》踪《そう》といった様々な問題も顕在化してゆきます。

図が示すとおり国際結婚のピークは２００５年前後であり、１９８５年当時より国際交流や理解がはるかに進んでいるはずの現在であっても、多くの困難が存在すると考えて間違いありません。とりわけ、国際結婚しているカップルは、男女ともにその多くは日本に滞在し、日本語に堪能な外国人との結婚によるものです。コミュニケーションがとれないと恋愛もできないからです。

しかも、外国人との離婚率は、日本人同士の離婚率に比べて非常に高いという事実もあります。厚生労働省の統計によれば、夫と妻のうちどちらかが外国人の割合は3・3％程度でここ数年変わっていませんが、離婚率は、日本人同士の場合は約34％なのに、国際結婚だと53％と半数を超えます。これはコミュニケーションの難しさのみならず、生活様式や宗教も異なるため、相互に理解して結婚生活を営むには困難があるからということなのです。

『舞姫』の場合も、もし豊太郎がそのままエリスと結婚していたとしても、いずれ離婚していた可能性は高かったはずでした。しかもエリスの母親との同居問題もあります。宗教の違いもあります。さらには豊太郎との教養の格差によるコミュニケーションの難しさも顕著になっていたことでしょう。豊太郎の決断の背景には、こうした懸念も含まれていたことが考えられるのです。

こうした困難さがある限り、かつての身分や、恩讐《おんしゅう》を超えた恋愛と同様に、国際結婚は今後も十分に文学的なテーマになり続けるでしょう。なお、日本人女性は国際的に評価が高いようです。近い将来に、『舞姫』とは逆に、主人公の女性が外国の男性にモテてしまい、誰を選ぶか迷うというような小説も生まれるに違いありません。

＊1　そのほかには「近代的自我の目覚めと敗北」「闘う家長」といったものもある。詳しくは、坂井健「『舞姫』はなぜ書かれたか?」を参照。清田文武編（２０１３年）『森鷗外「舞姫」を読む』勉誠出版。

＊2　鷗外と石橋忍月の間に起こった論争がきっかけである。舞姫論争については、以下に詳しい。
・長谷川泉（１９９１年）『長谷川泉著作選１　森鷗外論考』明治書院。
・長谷川泉編（２０００年）『森鷗外「舞姫」作品論集』クレス出版。
・臼井吉見（１９７５年）『近代文学論争　上』筑摩叢書。
・嘉部嘉隆（１９８０年）『森鷗外　―初期文芸評論の理論と方法』桜楓社。

＊3　エリスが処女であり、その処女性（論争で用いられる言葉としては「ユングフロイリヒカイト」）を奪ったことに対する責任論を問う考え方があるが、ここでは扱わない。エリスが処女であったことの明確な記述がないこと、

また現代では処女性は問わない風潮になったことによる。なお、処女性についての議論は第7章で詳しく論じる。

＊4　G. K. Rhoades, S. M. Stanley and H. J. Markman. 2012. "A Longitudinal Investigation of Commitment Dynamics in Cohabitating Relationships." Journal of Family Issues. 33 (3) 369 ~ 390.

＊5　嘉本伊都子（２００１年）『国際結婚の誕生』新曜社。

＊6　嘉本伊都子（２００８年）『国際結婚論⁉　歴史編』法律文化社。

＊7　小山騰（１９９４年）「明治前期国際結婚の研究：国籍事項を中心に」近代日本研究11、１２１～１７３。および小山騰（１９９５年）『国際結婚第一号』講談社選書メチエ。

＊8　嘉本伊都子（２００１年）『国際結婚の誕生』新曜社。

＊9　嘉本伊都子、同前。

＊10　賽漢卓娜（２０１１年）『国際移動時代の国際結婚　―日本の農村に嫁いだ中国人女性』勁草書房。

第3章

「三角関係」と「片想い」、あるいは「失恋」まで

武者小路実篤
『友情』
新潮文庫

第3章では、白樺派《しらかばは》の中心人物の一人、武者小路実篤《むしゃのこうじさねあつ》の『友情』について考察します。『友情』は１９１９年10月から新聞社の連載として書き始められ、１９２０年に一冊の本として出版されました。『こころ』が１９１４年でしたので、それから6年後の出版になります。年代的にはそれほど変わりませんが、対照的に恋愛の描写は実に奔放で、自由主義的な理念を掲げる白樺派らしさがあふれていると言えます。文体の美しさや優雅さ、芸術性といった要素は乏しいかもしれませんが、恋愛の本質を知るうえで、欠かすことができない秀作です。

絵に描いたような三角関係

主な登場人物は野島[*1]、杉子《すぎこ》、大宮の三人です。すぐに三角関係であることがわかりますね。ほかにも登場人物はいますが、恋愛に関する限り、この三人の関係を知れば十分です。

主人公は23歳の大学生である野島。脚本家の卵です。スポーツは苦手、やせすぎと言われるくらいの貧弱な身体つきで、人づきあいが悪く、不愛想で、怒りっぽい偏屈な性格です。実家はそれほど裕福ではなく、食うに困らない程度の家庭出身です。作中に「女をまだ知らなかった」とあるので、童貞でもあります。

ヒロインは、友人の仲田の妹である16歳の杉子。野島は、帝国劇場で杉子に出会って恋に落ちます。それ以前に写真で見たときから気にはなっていましたが、実際に会って一目惚れします。野島は感嘆します、「何処にこんなに無垢な美しい清い、思いやりのある、愛らしい女」がいるのかと。

たしかに杉子は美しく、背が高く、純粋で、溌剌とし、はっきりとものを言う聡明な女性です。野島は杉子に片想いをするのですが、告白する勇気はありません。そもそも彼女はまだ幼いので、18歳くらいになるまでじっと我慢だと自分に言い聞かせます。

もう一人の男性である26歳の大宮は、野島の最大の理解者であり親友です。大宮は性格が良く、体格も立派。スポーツに優れ、のちに杉子が「お家の立派なのにおどろいた」と述べるほどの豪邸に住み、鎌倉に別荘までもつ上流階級出身です。職業は売れっ子の小説家。パリに渡航する際、雑誌記者や新聞記者、文士たちがこぞって東京駅に見送りに来たくらいですから、相当有名な小説家であったようです。

野島はそんな大宮に、杉子に片想いしている旨を相談します。大宮と会うたびに、杉子がどれだけ素敵なのかをとくとくと話すわけです。大宮は、野島を応援していると言い、励まします。

杉子は成長してさらに美しくなり、ほかの大勢の男がまわりに集まってきます。プロポーズする男性まで現れ、野島の心中は穏やかではありません。

他方、杉子はだんだんと大宮のことが好きだと感じ始めます。大宮の方も、徐々にですが杉子に惹かれていきます。典型的な三角関係に陥りますが、そんな中、大宮は突然パリに行くことを宣言します。表向きは勉強のためとしていましたが、親友である野島への遠慮から、杉子への想いを断とうとしたのです。友情をとるか恋愛をとるかで、大宮はさしあたっては友情を選択したことになります。

大宮の渡仏後の１年後に、野島は杉子の家に結婚を申し込みますが、体《てい》よく、しかしはっきりと断られてしまいます。のちにわかることですが、杉子にとって野島の気持ちはありがた迷惑以外の何物でもなかったのです。

しばらくすると、大宮から葉書が届きます。そこには「尊敬すべき、大《おおい》なる友よ。自分は君に謝罪しなければならない。すべては某《ぼう》同人雑誌に出した小説（？）を見てくれればわかる」とありました。野島は大宮が書いた小説を読みますが、そこには、東京にいる杉子とパリにいる大宮の仲が、手紙のやりとりを通じて深まってゆく経緯が余すところなく書かれていたのです。

手紙で、杉子はいかに大宮のことが好きかを打ち明けます。加えて、野島への嫌悪感、「私は野島さまの妻には死んでもならないつもりでおります」「野島さまのわきには、一時間以上は居たくないのです」といった率直な気持ちまで吐露します。一方の大宮も次第に自分の胸中を明かし、親友である野島との友情をとるか、杉子との恋愛のどちらをとるかで悩んでいることを告白します。最終的に、大宮は杉子との結婚を選びます。

杉子は大宮のいるフランスに向かって旅立ちます。野島は深く悲しみ、真実を語った大宮に対して怒りを覚えます。しかし、野島はきっぱりと「失恋」を自覚し、恋に注いでいたエネルギーを仕事に向けると決意し小説は終わります。

『友情』の現代的意義

まあ、なんと天真爛漫《てんしんらんまん》で、一切の曖昧《あいまい》さのない小説でしょうか。**「片想い」「叶わぬ恋」「失恋」**という3つのテーマについて、無邪気なまでに、包み隠さず描写しています。『こころ』が出版されてから6年後の小説とは思えません。さすがは「白樺派」です。

白樺派とは、１９１０年に創刊された同人誌『白樺』に集った作家や芸術家の総称で、多くが学習院出身の上流階級に属していた人たちです。実篤のほかには志賀直哉《しがなおや》、有島武郎《ありしまたけお》、里見弴《さとみとん》らがいて、画家では岸田《きしだ》劉生《りゅうせい》や梅原《うめはら》龍三郎《りゅうざぶろう》が代表的な人たちです。自由闊達《かったつ》な大正デモクラシーの風潮を受け、人間の生命や自我をまっすぐに肯定する生き方を目指し、自己を生き生きと表現するのを特徴とします。[*2] 中でも実篤は白樺派のオピニオン・リーダーとして、新しい理想主義の模索に筆をふるいました。[*3]

『友情』も白樺派の理想主義と自由な気質が満載な恋愛小説となっていると言えます。「恋愛の自由」を原則として、三角関係において「恋愛」をとるか「友情」をとるかがテーマになっていますが、大宮が堂々と恋愛の方をとるのが斬新です。また野島も失恋したからといって自殺したりはしません。漱石の『こころ』へのアンチテーゼです。

また、全編謎にあふれる『こころ』や、読者に二者択一を迫る『舞姫』とも異なり、『友情』は竹を割ったようにさっぱりとしたシンプルな構成です。表現も明《あ》け透《す》け、情熱的であり、実篤自身が実体験した片想いと失恋をもとに書いたに違いありません。

当時、恋愛を小説にすることはたいへん意義のあることでした。なにしろ、大多数の結婚が、お見合いや許嫁《いいなづけ》で決まっていた時代だったわけです。結婚が家と家をつなぐツールだったことは、『舞姫』を論じる際に述べたとおりです。

図3―1をご覧ください。『友情』は1920年の作品ですが、その10年後のデータ（1

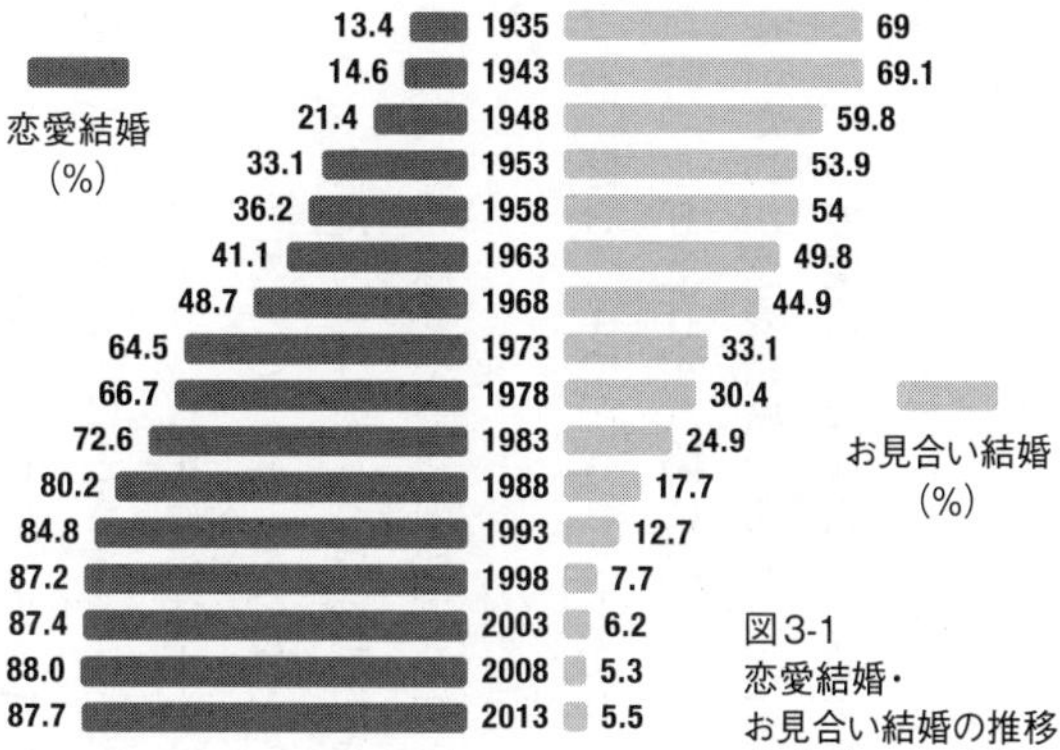

図3-1
恋愛結婚・
お見合い結婚の推移
（出典：第15回出生動向調査）

931～1935年）によると、全結婚のうちわずか13・4％が恋愛結婚でした。10組中のほぼ1組でしかなかったのです。他方、お見合い結婚は69・0％にも達していました（残りの「その他」は許嫁等であると考えられる）。したがって、さらに年代をさかのぼる1920年前後では、恋愛結婚は10％程度だったと考えられます。ましてこの小説で描かれているのは上流階級で、上流になればなるほど家の格を意識するので、なおのこと自由恋愛が珍しかったはずです。

　当時の結婚に至る典型的なパターンは、**お見合い（あるいは許嫁）→結婚**です。現代のプロセスだと、**好きになる→つき合う→別れる→別の人を好きになる→つき合う**などを経て、**プロポーズする→結婚する**となりますが、この流れは1920

年当時にはまず不可能なものでした。

したがって、大正時代以降増えていく恋愛結婚について、読者に恋愛がどのようなしくみになっているかを手ほどきする本が必要だったと思われます。それが、この『友情』でした。事実、実篤は１９２０年に単行本が重版された際に「この小説は実は新しき村（実篤らがつくったコミュニティ）の若い人たちが今後、結婚したり失恋したりすると思うので両方を祝したく、また力を与えたく思ってかき出した」と書いています。テレビやマンガのない時代、この小説は、恋愛や失恋の仕方を知らない多くの人々の教科書としての役割を担っていたのです。

なお、**図３―１**で示されるとおり、お見合い結婚は高度成長期までは一般的な結婚の形でしたが、１９７０年以降に急激に減少し、現在では5・5％となっています。代わって主流になったのが恋愛結婚であり、実に87・7％が自由恋愛によって結婚に至っています。したがって現代では片想いを必ず経験しますし、自由恋愛になったからこそ失恋も日常茶飯事です。とくにまだ若ければ、この小説から学べることはたくさんあります。この令和の時代も、若者が恋愛するにあたっての必読書であることは間違いありません。

「片想い」の心理を分析する

前述のとおり、恋愛という見地に立つと、『友情』における恋愛の形態は、**「片想い」「叶わぬ恋」「失恋」**の３つです。以下、それぞれ考察してゆきます。

まずは「片想い」からです。『こころ』を考察する際に「恋愛バブル」については触れましたが、恋愛バブルが生じたときの心理状態やその推移についてはまだ述べていませんでした。この小説は、人生で初めて恋をするとどのような心理になるかが克明に描かれています。人は誰かを好きになると、初期段階として片想いとなりますが、心の中では次のような心理的段階を経ています。

①恋愛バブルの萌芽《ほうが》

恋愛バブルで最初に起こるのは、相手のことがいちいち「気になる」心理です。これは恋愛感情としては淡いものですが、いったん芽生えた恋の種が発芽すると、やがて大きな感情をともなう恋愛バブルの花が咲くことになります。

②妄想

次の段階は「妄想」です。二人だけの甘い時間を夢見るようになります。いろいろと現実にはありえない想像をするようになり、妄想をしている時間自体が楽しく感じられます。

③トキメキ

この段階から恋愛バブルが本格化します。その人のことを考えるだけで心拍数が上昇し、心躍るような「トキメキ」の感覚に支配されます。

④美化

恋愛バブルとはインフレ感情であり、相手を徹底的に「美化」することになります。自分が理想化した偶像を好きになるわけですから、際限なく好きなままでいることができます。

⑤嫉妬

恋愛には当然競争相手が現れる可能性があります。その人が異性と話しているだけで、嫉《しっ》妬《と》で身を焦がすような思いに苦しみます。叶うなら競争相手を排除したいと願いますが、多くの場合はそうもいかず、悶々《もんもん》とした時間を過ごすことになります。

⑥一喜一憂

妄想だけでは物足りないので、実際に話しかけてみたくなります。ただし、恋愛バブルが生じていると平常心が失われているため、うまく会話が続かなかったり、トンチンカンな会話になったりして、自己嫌悪に陥りがちです。逆に、会話が盛り上がり、相手から褒められたりするとそれだけで有頂天になります。相手と自分がどういう会話を交わしたかで激しい感情の起伏が生じます。

通常は、以上のような心理を経たのちに行動が開始されて、

・二人きりでデートしたい
・その人と手をつなぎたい
・キスをしたい
・肉体的に結ばれたい

と続くのですが、『友情』では片想いのみで終わります。実篤は性的な描写を一切排除していますので、この４つの願望は作品中には描かれません。

こうした片想いは、早熟な人では幼稚園のときに淡い感情としていだくものです。あの子のことが気になるとか、気になるから逆にいじわるをしてみるとか……。幼い頃の恋愛は屈折しているので、自分が好きという現実をストレートに表現することが難しい場合もあります。

一方、『友情』ではたいへん直接的な表現でこうした片想いの感情が描かれています。段階ごとに次頁の**図3―2**にまとめました。野島の言動が片想いの心理の推移にぴったり符号するのがおわかりでしょう。野島の苦しくも楽しくもある恋愛心理を臨場感ある描写で感じとることができます。

なお、こうした片想いですが、積極的に勧められる恋愛の形態ではありません。一方的に想い続けるのには限界がありますから、早期にこの状態から脱して相思相愛になりたいものです。しかし、告白してふられたら、ショックで立ち直れません。傷ついて泣くくらいだったら、片想いのままの方がいいと思ってしまうのが通常の心理です。とくに女性の場合は、

一時的な恋愛の兆候	『友情』における片想いの描写
恋愛バブルの萌芽 相手が いちいち気になる	●新聞を見ても、雑誌を見ても、本を見ても、杉という字が目についた。そして目につくと、はっとした。
妄想 その人のことを いろいろ思う	●彼（野島）は杉子と一軒家をもつことを考えた。杉子が自分一人にたより、自分一人に媚び、自分一人の為に笑顔をし（略）彼はそんなことを考えると天国に居るよりもなお幸福になれる気がした。
トキメキ その人のことを考えると 胸がドキドキする	●何処にこんなに無垢な美しい清い、思いやりのある、愛らしい女がいるか。神は自分にこの女を与えようとしているのだ。
美化 その人のことを 理想化する	●彼はそれを理想的に解釈した。（杉子は）すなおで、親切で、利口で、快活で、不正なことを気がつかない顔して正しくする術を心得ている。 ●野島さまは私と云うものをそっちのけにして勝手に私を人間離れしたものに築きあげて、そして勝手にそれを讃美していらっしゃるのです。
嫉妬 その人が 自分の同性（競争相手）と 話しているとヤキモキする	●早川に一種の嫉妬を感じた。早川の彼（野島）よりも体格がよく、さっぱりして、男らしく、そしてよく気がつき、利口らしい点を彼は恐れないわけにはゆかなかった。
一喜一憂 その人から褒められると 幸せな気分になる。逆にうまく 会話ができないと落ち込む	●淋しいような、腹立しいような、後悔するような気がした。 ●これだけの会話が 彼（野島）にとっては鬼の首でもとったように嬉しかった。よく言葉がかけられたと自分で感心した。

図3-2　片想いの兆候と『友情』における描写

傷つくことを恐れるあまり、片想いのままでいる方を選びがちです。

野島も告白したいのは山々でしたが、どうしても勇気が出ませんでした。結局、大宮がパリに行ってから1年後に仲介者を通じて結婚の申し込みをするわけですが、遅きに失した感があります。

市場原理から考える「叶わぬ恋」

続いて考察したいのは「叶わぬ恋」についてです。野島がなぜふられたのかを分析するにあたって、もっとも参考になるのは**「恋愛均衡説」**です。

恋愛均衡説の基本的な考え方のポイントは、わたしたち人間が1つの商品であるという点です。恋愛や結婚や浮気というのは、それぞれ市場というものがあって、そこでお互いの商品としての**「本来価値」**をもとにして物々交換を行なっていると考えることができます。人によって本来価値は異なり、価値の高い人もいれば低い人もいて、その人たちが、自分の価値を前提にした物々交換をするのが恋愛というわけです。誰だって自分を安売りしたくありませんので、自分の価値と同等かそれ以上の相手と相思相愛になりたいと考えます。つまり自分の商品価値が高ければ高いほど、「高い異性」を買うことができるのです。一方、商品価値が低ければ、それなりの相手しか手に入れることができません。

本来価値を点数でたとえると、１００点満点中99点の人もいれば、60点の人も30点の人もいます。しかしながら、恋愛市場では魅力度で均衡をとってしまうので、99点の人は同じように１００点に近い素敵な人と相思相愛になり、60点の人は60点くらい、30点の人は30点くらいの人と釣り合い、カップルになるのが原則です。恋愛学ではこの法則を「恋愛均衡説」と呼んでいるわけです。

この仮説を『友情』に当てはめて考えてみましょう。野島の本来価値は、それほど高くありません。脚本家の卵であり、まだ学生です。実家は資産家ではなく、そもそも脚本家としても名前が売れているわけでもなく、やせすぎなくらいに貧弱な体格でもあります。卓球も極端に下手で運動神経もよくない。性格も無愛想で怒りっぽく、ひがむ素振りもするので、好青年とは言いがたい欠点もかかえています。魅力度を点数でつけるとするとせいぜい65点くらいでしょうか。

他方、杉子はまぶしいほどきれいで、女王のような気品があり、育ちもよく、性格は快活で、まっすぐな女性です。まわりのたくさんの男性を魅了してしまうくらいですから、魅力度でいったら90点くらいと考えられます。

つまり65点の野島が、90点の杉子に恋してしまったのです。当然うまくいきません。杉子は自分を安売りしたくない気持ちが働いているわけです。

一方、野島の親友である大宮は社会的条件に優れています。まず当代随一の売れっ子小説家です。鎌倉に別荘をもっているほどの資産家であり、体格もがっちりとして男らしく、野島を盛りたてるなど性格の良さも強調されています。魅力あふれる青年で、むしろ杉子より上くらい。魅力度は95点といったところです。

したがって、杉子と大宮が結ばれたのは必然なのです。二人はほぼバランスがとれており、お似合いのカップルだったわけですから。[*4]

それでは、ふられた野島はどうすればよかったのでしょうか？

解決策は2つありました。1つには、杉子が90点なわけですから、自分も同じくらいの魅力になるまでじっと我慢すべきでした。脚本家の卵から脱し、仕事で成功して、男性の魅力の1つである社会的基盤が整ってから、杉子にプロポーズをすべきでした。65点のままでは釣り合うはずもないのです。

もう1つは、野島本人がいみじくも述べているように、「己《おのれ》を知れよ」ということです。自分に言い聞かせるシーンで登場する一節ですが、野島は自分の商品価値を知るべきでした。

そうすれば、90点の女性を追い求めることが無謀であり、叶わぬ恋であることが自覚できたはずです。そして、すみやかに杉子を諦め、自分に釣り合った65点前後の女性を追い求めたはずなのです。

「失恋」の本質は不均衡にある

『友情』においては、「失恋」も大きなテーマになっています。失恋とはどういうものか、どのような精神状態になるのか、失恋を克服するにはどうしたらよいのかについて、小説の中に答えが隠されています。以下、順を追って見ていきましょう。

まずは、失恋の基本的構造を整理します。

失恋とは、ふられる側が被るものです。一方的な通告によって関係が解消されます。恋愛均衡説にしたがい、70点同士の恋人カップル（A君とBさん）の場合を想定して考えてみましょう。

A君とBさんは、交際当初はいわゆるラブラブ状態です。インフレ感情である「恋愛バブル」が生じているわけですから、お互いを１００点満点近くの99点と評価するようになっています。世の中にこんな素敵な人はいないとさえ思うわけです。ところが、失恋に至るということは、どちらか一方の感情が冷めることを意味します。ここでは、BさんのA君に対する恋愛感情が冷めると仮定します。

BさんのA君への評価はピークの99点から徐々に減点されてゆき、80点になり、しまいには70点以下になります。恋愛においては、当初思っていたような人ではなかったとか、価値観が一致しなくなったというように、時間の経過につれて内面的な評価が下がる事態がしばしば生じます。あるいはBさんが80点の男性（C君）から言い寄られた結果、興味がC君に移ったというようなケースもありえるでしょう。

いずれにしろBさんは、徐々にA君と距離をとり始めます。いきなり別れを切り出すとA君がびっくりしてしまうので、まずはフェイドアウトを狙うわけです。A君は不審に思い、Bさんに「どうして最近冷たくなったのか」と問いただしますが、Bさんは「ごめんなさい。ほかに好きな人ができたの」とでも答えれば、恋愛関係の解消となります。この場合、ふるのがBさん、ふられるのがA君ですので、A君が「失恋」となります。

ここでの最大の問題は、BさんにとってA君はすでに70点以下になっているので未練なく別れられますが、A君にとってのBさんは99点のままであるため、大きな失望を感じるということです。人が失恋に痛みを覚えるのは、ふられた側は依然として恋愛バブルの真っ最中であるからです。A君のBさんへの評価が70点以下になっていれば問題ありません。しかし、この場合、A君はまだBさんのことが大好きなのです。したがって、恋愛バブルが大きければ大きいほど、別れはつらいものになります。

なお、一般的に失恋するのは男性です。わたしが教えている「恋愛学入門」の講義でのアンケート調査では、だいたい2：1の割合で、男性の方がより多くふられていることがわかりました。ふるのは女性、ふられるのは男性なのです。

失恋を克服する方法

では、恋愛バブルの最中にあるA君は、どのように失恋を克服することができるのでしょうか？　この意味で、『友情』の野島がどのように対処したかはたいへん参考になります。

①ふられた事実の再認識

失恋した際にとくに大切なのは、失恋した事実に実直に向き合うことです。失恋はたいへんな痛みがともなうために、「もしかするとまだふられていないのでは？」「復活する望みがあるのでは？」といった一縷《いちる》の望みにすがりたくなるものです。その望みときっぱりと決別することが、失恋を克服するために非常に重要なステップとなります。

野島も同様でした。杉子にプロポーズをしましたが、すげなく断られても、初めは「あきらめられなかった」のです。杉子の兄に、杉子の本当の気持ちを訊《たず》ねる手紙を書きますが、再度「当人も今結婚する意志はまるでない」と断られます。それでも失恋したとは認められず、とうとう杉子に直接手紙を書いてしまいます。それに対し、杉子本人から冷たく断る返信が届き、ようやく「絶望だと云うことを本当に感じた」わけです。ここに至って野島は自分がふられた事実を受け容れ、克服しようと努力するのです。

②時間とエネルギーを別に向ける

次に、空白となった時間とエネルギーを代替物で埋めることです。通常、恋愛関係に入ると、「お金」「時間」「エネルギー」の３つを恋人に投資します。デートに行って食事をするにはお金が必要で、同時に時間とエネルギーも消費します。相思相愛であればあるほど、この３つを際限なく使うことになります。

失恋とは、突然この３つの投資先が失われた状態になることです。一緒にいた時間がポッカリ空白となり、心の中（本当は頭の中）が空虚になり、お金も使わなくなるわけです（お金だけは失恋しても失わないものですが）。つまり、空いた時間とエネルギーの処理に困るということが失恋の本質なのです。

この２つを上手に埋めることがカギとなります。具体的には、

・友だちと酒を飲んで、グチをこぼす
・スポーツをして汗を流す
・仕事に没頭する

といったことが、現実に失恋から立ち直る代表的な方法です。

野島の場合は、前述のとおり、３つめの仕事を選びました。野島は大宮宛の手紙で書きます。「仕事の上で決闘《けつとう》しよう」と。恋に向けていたエネルギーを仕事に注ぎ、大宮への復讐を仕事の成果で果たすという気概を表明しました。脚本家として成功しようとするなら、その努力に比例して時間とエネルギーが消費されるので、心の空虚さを忘れることができるというわけです。

③思い出を消去する

相手を思い起こさせるものはすべて捨てることも重要です。元カレからのプレゼントを捨てられないという女性もいますが、どんなに高価なものでも、破棄してしまうことをお勧めします。「モノ」は過去を想起させてしまいます。モノも、手紙も、思い出も、すべて捨て去ることが前に進むエネルギーとなるのです。

野島の場合はベートーヴェンのマスクを石にたたきつけて壊しました。親友である大宮から贈られたものですが、これを破壊することで、過去の一切の思い出を消去したということです。

④新しい恋人をつくる

失恋から立ち直るには、なんといっても、新しい恋人を見つけるのが万能薬です。新しい恋をすれば、お金、時間、エネルギーをそちらに向けることができるので、即効性のある解決方法ともなります。

そのようにすぐにふられた人のことを忘れて、次の異性に向かっていくのは不可能だと思われるかもしれません。『友情』では、杉子の兄である仲田の言葉で次のように書かれています。

「(前略) 僕の知っている奴に、ある女を夢《む》中《ちゅう》に恋して、その女と結婚出来ないと死ぬようなことを云っていた奴があった。ところがその女がふとした病気で死んだのだ。その時は気違いのように泣いていたが、半年もたたない内にちゃんと細君をもらって今では幸福にくらしている」

(『友情』、30―31頁)

失恋したら、この仲田の言葉を思い出すべきでしょう。一刻も早く立ち直ることこそが、より良い人生のために不可欠だということです。

∴

ちなみに、先ほどの講義で行なったアンケート調査では、失恋から立ち直る日数も質問しています。その結果、男女ともにほぼ同じで、平均57日かかることがわかりました。だいたい2ヵ月くらいで失恋から回復できるようです。大学生ということもありますが、意外なほど短いと言えます。人間は忘れる動物ですから、どんな痛みでも最終的には十分な睡眠と時間が解決してくれるということかもしれません。

＊１　野島のモデルは武者小路実篤、大宮が有島武郎と言われているが、見かけに関する限り、両者の写真からくるイメージとはたいへん異なる。先入観なしで読んだ方が無難である。

＊２　本多秋五（１９５４年）『「白樺」派の文学』講談社。

＊３　大津山国夫（１９９７年）『武者小路実篤研究　―実篤と新しき村―』明治書院。

＊４　とはいえ、杉子の方が若干魅力度が劣っていただろうことは、小説後半の手紙のやりとりでわかる。明らかに、杉子の方が大宮に対して積極的にアプローチをしている。

第４章

人はにおいを嗅いで恋をする

田山花袋
『蒲団・重右衛門の最後』
新潮文庫

ここまでの「純愛」から一転して、第4章と第5章では「不倫」がテーマの小説を取り上げます。まずは田山花袋《たやまかたい》の『蒲団《ふとん》』から。

『蒲団』を読んだ人が思い出すのは「キモいにおいフェチの小説」といったところでしょうか。あるいは「不倫願望に悶々とする変態中年の話」となるのでしょうか。

両方とも間違いではありません。この小説の最後の場面だけ切り取るとそういう感想にもなりかねませんが、これからお話しする恋愛のしくみを知ってもらえたら、それほど違和感のない内容だと納得してもらえるはずです。

順をおって詳しく説明しますが、わたし自身も数十年ぶりに『蒲団』を読みなおしたところ、以前とは評価がだいぶ変わりました。あらためて**「不倫学」**（という学問を提唱しています）の見地からこの小説を読むと、主人公は「キモい」「変態」というより、相手のことがすごく好きだったんだな、というむしろほのぼのとした感想をもつようになりました。

嗚呼、中年男の恋

主人公は竹中時雄《たけなかときお》。33歳前後の、職業は文学者です。『蒲団』はわが国最初の私小説《ししょうせつ》なので、主人公のモデルは花袋自身であり、この小説は花袋が経験した恋愛の告白ということになります。時雄は「美文的小説」を書いて生業としていました。ただしあまり売れていないため、地理書を編集する仕事で食いつないでいます。

　時雄は既婚者で、子どもが三人います。新婚時代はすでに過ぎ去り、「単調なる生活につくづく倦《あ》き果てて了《しま》った」心境でした。離婚が頭をよぎっていたりもしていますから、結婚生活の倦怠期《けんたいき》ですね。日々、不倫の妄想をしています。

　そこに、19歳の横山芳子《よこやまよしこ》という神戸女学院大に通っていると思しき女子大生が弟子入りを志願してきます。「一生文学に従事したいとの切なる願望《のぞみ》」があるので、作家志望ということです。何度か手紙でやりとりするうちに時雄は気に入り、弟子入りを許したため芳子は上京してきます。会ってびっくり、「ハイカラな新式な美しい」女性でした。さすがに一緒に住むのはまずいと思い、世間体を考えて時雄の姉の家に同居させ、そこから麹町の女子大に通わせることにしました。

　時雄としては芳子と不倫したくていろいろ妄想をしますが、妄想するだけで行動には移しません。やがて1年半が経過した頃、芳子は、旅先の京都で知り合った同志社大学の学生、21歳の田中秀夫と恋仲になっていることが発覚します。自分だけの芳子だと思っていた時雄はたいへんショックを受けます。秀夫と肉体関係があるかどうか疑うのですが、芳子本人は否定します。時雄は深酒をして憂さを晴らし、妻や子どもに八つ当たりします。

そんな折、秀夫は芳子会いたさに上京してきます。時雄は、心中穏やかではありません。そのため芳子を自分の家に住まわせて監視することにしました。

秀夫はいったん実家に帰りますが、二人の文通は続きます。時雄は嫉妬に駆られ、芳子の引き出しから秀夫の手紙を盗み見て、「接吻《せつぷん》の痕《あと》、性慾の痕が何処《どこ》かに顕《あら》われておりはせぬか」調べます。その時点では大丈夫なようで安心しました。

一方で秀夫は大学を中退し、本格的に上京してきます。時雄はついに秀夫に対面し、「恋の温情なる保護者」としてすぐに実家に帰るように説得しますが、秀夫は東京で小説家になると強情に言い張り、聞き入れません。

芳子も女学校をやめ、秀夫と一緒に暮らしたいと訴えます。芳子の父親も上京し、実家に帰れと秀夫を説得しますが、これもうまくいきません。説得が不調に終わった日の翌日、芳子は時雄に告白します。実は「堕落」して田中と肉体関係になっていたと。

時雄は芳子を見放して、父親とともに実家に帰すことにしました。時雄は元の平凡な生活に逆もどりし、芳子との時間を懐かしく思い出します。「妻が無ければ、無論自分は芳子を貰ったに相違ない。芳子もまた喜んで自分の妻になったであろう」と。

数日後、そのままにしていた芳子の部屋に行きます。「懐《なつ》かしさ、恋しさの余り、微《かす》かに残ったその人の面影《おもかげ》を偲《しの》ぼう」と思い、机の引き出しから芳子のリボンを見つけて、においを嗅《か》ぎます。次に押入れにしまってあった芳子の蒲団と夜着を取り出し、これもまたにおいを嗅ぎます。「性慾と悲哀と絶望」が時雄を支配し、蒲団を敷いて夜着に顔を埋めて泣くところで小説は終わります。

『蒲団』の恋愛学的意義

『蒲団』は「新小説」という文芸雑誌の１９０７年（明治40年）９月号に掲載され、翌年『花袋集』という本に収録されました。

花袋は「自然主義」に分類される作家です。日本文学における自然主義は、この『蒲団』の登場（花袋は回想録に『蒲団』は当時４〜５万部売れたと記している）[*1]によって、西欧の自然主義が近代社会を客観的に描く眼差しをもっていたのとは一線を画すようになり、しだいに赤裸々に、個人の生き様をありのままに描写する方向に傾斜《けいしゃ》していきます。明け透けもなく「私」の体験や欲望について書くことこそが、人生に対して、あるいは文学に対して誠実であるという意識があったわけです。

その意味で、『蒲団』は恋愛小説として、2つの点で画期的です。

1つめは、明治・大正時代の作品の中で、唯一恋愛を**「嗅覚《きゅうかく》」**で表現した点です。これから述べるとおり、恋愛において嗅覚は非常に重要な要素なのですが、『蒲団』はこれを見事に描写しています。時雄はリボンや夜着や蒲団に残る芳子のにおいを嗅ぎますが、それはわたしたちの遺伝子の欲求からすると自然な行為です。小説で描くと「キモい」と感じられるかもしれませんが、わたしたちが無意識のうちに、好きな人のにおいを嗅ごうとしていることは否定できない事実なのです。

もう1つは、**「不倫」**の心理描写を克明に作品化した点です。『蒲団』が日本初の私小説で、この作品は田山花袋本人の経験が書かれていると前述しましたが、芳子のモデルは岡田美知代、秀夫は永代静雄という実在の人物で、つまりは現実の出来事に基づいています。不倫願望をいだき妄想したのは、ほかでもない田山花袋その人なのです。したがって、花袋は不倫をしようとする人が必ずたどる心理状態を詳細に言語化することができました。ただし、願望はあっても、作中の時雄はすんでのところで思いとどまっていますので、実際に「不倫した後」の心理描写までには至っていません。性描写を含めた不倫後の細部の心理については、平成の渡辺淳一『失楽園』まで待たなくてはなりません。

五感と恋愛

それでは、恋愛と嗅覚のメカニズムについて述べていきましょう。

人間が恋愛をする場合、そこにはまずプロセス（過程）というものがあります。いきなり性行為をするわけではありません。５つのステップがあって、１つクリアするとまた次のステップというように段階が存在するのです。[*2]

それが嗅覚を含む**「五感」**というステップです。五感とは**視覚**、**聴覚**、**嗅覚**、**触覚**、**味覚**の５つを指し、この五感によって異性をふるいにかけるというのが恋愛のプロセスになります。

異性に出会うと、まず目で相手の見かけを判断します**（視覚）**。視覚的に合格すると、次は耳で相手から情報を引き出します**（聴覚）**。お互い話がはずむと距離が縮まってお互いの体臭を嗅ぎ合うようになります**（嗅覚）**。その後、デートして手をつなぎ**（触覚）**、合格するとキスをする**（味覚）**というのが五感的な手順です。

もう少し詳しく解説しましょう。五感というのは、相手を吟味する手段でもあります。青果店でメロンを買うケースにたとえましょう。目で見て形のいいものに目星をつけ、（メロンと直接会話はできませんが）店員と会話をすることで情報を入手し、においを嗅いでおいしいかどうかを吟味し、触ってみて重さや感触を確かめ、可能であれば味見をさせてもらうというように、五感を使ってメロンの良し悪しをチェックするわけです。このプロセスは、恋愛においても以下のように同じステップをたどります。

第一段階「視覚」

視覚は「見かけ」のチェックです。最初の入口にすぎませんが重要です。とくに視覚的な感知能力に秀でている男性にとって、女性の見かけというのは非常に大切な要素になります。遠くからでも判断できますし、見かけ（顔と体型）は、ほかの五感的要素と正の相関関係があり（たとえば、見かけがよいと声も美しくなりがち）、まずここでふるいにかけます。

第二段階「聴覚」

第二段階の聴覚的情報は、お互いの性格や価値観や社会的ステータスについての情報を入手するための手段です。声の高低、ピッチ、息遣いといった基本的な情報から、言葉づかい、話す内容といったことまで、自分と性格的に相性がいいのか、趣味が一致するのかどうか、さらにはどのような仕事に就いているのか、一日をどのように時間配分しているのかについて知ることができます。

第三段階「嗅覚」

第三の嗅覚がもたらす情報は、基本的には、体臭を嗅ぐことによってお互いの遺伝子レベルでの相性を確かめ合うというものになります。50センチ以内はいわゆる「親密ゾーン」になりますが、その距離に入ると、お互いの体臭を嗅ぎ合うことが可能となります。

体臭にはいろいろな情報が含まれていますが、中でもとくに重要なのはＨＬＡ遺伝子です。ＨＬＡとは、自己と他者を区別するもので、「Human Leukocyte Antigen（ヒト白血球抗原）」の略です。ＨＬＡは、白血球の蛋白質をつくる遺伝子の複合体で、わたしたちが一般的によく使っているＡＢＯ型の血液型と似たものと考えて結構です。ただしＡＢＯ型は赤血球の血液型であり、それに対してＨＬＡは白血球の血液型である点が異なります。

ＨＬＡ抗原は、人間は自分と自分以外とを識別する機能をもっています。恋愛感情とＨＬＡの関係でとくに大切な点は、人間は自分と違うＨＬＡを好み、自分と似ているタイプの異性は本能的に遠ざけるということです。そしてその好みを発現しているのが、においなのです。

つまり、相手のにおいを「いいにおい」と感知するということは、自分と相手との遺伝子が遠いこと、言い換えると二人の間の子どもが多様性をもった丈夫な子として生まれる可能性を本能で嗅ぎ取っているわけです。他方、相手の体臭を嫌なにおいと感じることは、血が近すぎて近親の可能性があるからその人との恋愛はやめなさいというメッセージなのです。

ＨＬＡが似たもの同士は相性が合わないばかりか、妊娠しづらく、流産しやすくもなり、さらには未熟児が生まれる可能性が高くなります。人はにおいを通じて先天的な相性を感知し合っているというわけです。

ちなみに体臭を嗅ぎ合うためには、人工的なにおいを排除しなければなりません。強い香水、喫煙、にんにくといったものは実は恋愛には不似合いなもので、極力やめるべきです。

第四・五段階　「触覚」「味覚」

五感のうち最初の３つを通過すると、デートが開始されます。デート中にも見かけ、会話、においは随時チェックされますが、親密度が高まると、手をつなぎ、キスをすることになります。

人間はなぜ、好きになると手をつなぎ、キスをするのでしょうか？

小学校の教科書に「好きになったら、キスをしなさい」と書かれていたわけではなく、誰かに教えられるものでもありません。実はそれは遺伝子レベルでの欲求であり、先ほどの問いへの答えは「バクテリアの交換」です。手をつなぐという行為によって、何兆というバクテリアが瞬時に相手の手に移ります。キスに比べればバクテリアが体内に入る可能性は低くなりますが、にもかかわらず病気になるとしたら、「これ以上この相手に接近すると害を与えられる」というメッセージとなります。これが4番目のふるいということです。その意味でも、とくに男性の場合、女性が手をつなぎたくなるように清潔感を示すことが不可欠です。

手をつないだ感触がよいと、性行為までの最終審査である「キス」をすることになります。キスでは口の中のバクテリアを瞬時に交換するので、手に付着した数とは比較にならないほど、直接的な影響を及ぼします。悪性のバクテリアによって病気になるか、それとも免疫力がつくかは恋愛の大きな分かれ道となるものです。

当然キスにおいては、見かけ、声、体臭、皮膚の接触といったように味覚以外の五感も使いますので、お互いの相性を確かめるうえでの最適の関門となります。キスをもっとしたいと願うようになれば、次は子どもが生まれる可能性がある性行為に至り、そこで相思相愛の関係性が完成します。

秀逸な嗅覚描写

では、この五感のプロセスを『蒲団』の時雄と芳子の関係に落とし込んで考えてみます。

第一に、時雄は芳子の見かけを気に入ります。会ってすぐに芳子の「美しい笑顔、色彩に富んだ姿」に魅了されたうえ、「芳子は白粉《おしろい》をつけて、美しい顔をして」いたとありますので、お化粧をした顔も気に入ったようです。「いかにも艶《なまめ》かしい」とあるのでセックスアピールも感じていました。

第二のステップは聴覚です。この小説を詳細に読むと、時雄は芳子との会話を楽しんでいることがわかります。「言葉は艶《なま》めき、態度がいかにも尋常《よのつね》ではなかった」「笑って体を斜《はす》に嬌態《きょうたい》を呈した」とあるので、笑いや会話の中に芳子の魅力を感じとっています。

そもそも会う前に手紙のやりとりをして、互いの気心は知れていました。芳子の知的な性格について好感をもって弟子にしたのですから、この第二次審査の聴覚については合格だったわけです。

最初の2つのステップをクリアしたことで、時雄は「片想い」になります。第3章で述べたように、**相手が気になる→妄想→トキメキ→美化→嫉妬→一喜一憂**といったような片想い特有の兆候が生じます。

とくに「嫉妬」はかなりのものです。普段から妻との結婚生活に満足しておらず、芳子とは不倫したいと願っているので、突然現れた秀夫に対して嫉妬の塊と化していました。芳子と秀夫の恋愛が発覚したときは、なんとか関係をやめさせようとさえします。しかし時雄は、自分が芳子が好きだからとは絶対に言いません。芳子と秀夫の幸福のためを思い、学生なのだから勉強を優先すべきであると、もっともらしい口実をつけて二人の仲を引き裂こうとするのです。このあたりの描写は、真剣というより恋する中年男の滑稽さすら漂います。

そして、有名なラストシーンです。すでに芳子は実家に戻っていました。自分の恋する気持ちを成就したくてもすることができません。取り残された時雄にとって恋愛をシミュレーションできる最大の行為は、第三段階である、相手のにおいを嗅ぐということのみです。

まずは、芳子が身につけていたリボンのにおいを嗅ごうとします。リボンは頭につけるものなので、においはそれほどではありません。次の行為に至る導入です。時雄は押入れから芳子の夜着を取り出してにおいを嗅ぎます。ＨＬＡ遺伝子を確認できる場所は、とくに尿、汗、母乳等です。「夜着の襟《えり》の天鵞絨《びろうど》の際立《きわだ》って汚れているのに顔を押附けて」とありますので、時雄は夜着の首筋あたりにたまった汗のにおいを嗅ごうとしたのです。

最後に、「蒲団を敷き、夜着をかけ、冷めたい天鵞絨の襟に顔を埋め」ます。においを完結させるには夜着だけで十分でしたが、続けて蒲団も敷き、そのにおいまで嗅ぎました。

どうして蒲団まで敷いたのでしょうか？

時雄にはにおいの次の段階である触覚と味覚、つまりは芳子と性的関係になりたいという願望がありました。[*3] 夜着のにおいはあくまで第三段階でしかありません。行為をともなう不倫に至るには、時雄の言葉を借りるなら、次に芳子と「手を握る」「胸と胸とが相触れあう」ことが不可欠です。したがって、夜着だけでは不十分だった時雄は、蒲団が象徴する芳子との性行為を、蒲団のにおいを嗅ぐことで妄想したのです。

いかがでしょうか？ 花袋の緻密な恋愛描写、すばらしいではありませんか。自分の恋愛感情に真摯に向き合っていたからこそ、芳子の残り香を嗅ぐ行為をこうも繊細に書くことができたのです。まったくキモくも変態でもありません。

「不倫」を定義する

『蒲団』が扱うもう1つの重要なテーマは**「不倫」**です。不倫とは、様々な定義が考えられますが、まず「既婚者」が行なうものであることは間違いないところです。

18世紀のドイツの哲学者、イマヌエル・カントによれば、婚姻とは夫婦の性器を「相互的に占有する」関係となります。[*4] この定義にしたがい、

不倫とは、既婚者が配偶者以外の人と性行為を行なうこと

とします。精神的な浮気や、手をつなぐ、キスをするといった行為は含みません。
こうした不倫は、現代の世の中に蔓延《まんえん》しています。また古来より日本では、不倫を言い表す、「不義密通《ふぎみっつう》」「姦通《かんつう》」「姦淫《かんいん》」「不貞《ふてい》」「よろめき」「野合《やごう》」「道ならぬ恋」「桑中《そうちゅう》之《の》喜《き》」「密《みっ》懐《かい》」「密会」といった多彩な言葉が存在しますので、時代を超えて横行するものであったこともわかります。
「不倫は文化」とはかの石田純一の有名な言葉ですが、実際には不倫はすべての国籍、人種、文化、歴史を超えて普遍的に見られる現象なので、どこか固有の国の文化的産物というより、遺伝子に根差した欲求と考える方が自然です。「不倫は遺伝子」なのです。[*5]
結婚制度は人間がつくりだした社会制度です。一方、不倫は遺伝子の欲求です。この両者

の間で葛藤するのが、わたしたち人間ということになります。ただし、不倫は秘匿《ひとく》が原則なので、表にはなかなか出てきません。『蒲団』はわたしたちの隠された願望を明らかにした点でも意義のある小説だと言えます。

ただし『蒲団』は「不倫小説」ではありません。あえて言えば「不倫願望小説」です。時雄は不倫の妄想をしていましたが、実行はしませんでした。行為に及ぶか及ばないかは大きな違いです。実際に及んでいたら、もっと違った小説になったでしょうし、明治時代にあっては社会的な拒絶にあってたいへんな事件になっていたに違いありません。『蒲団』は不倫しなかったからこそ名作になったのです。

不倫には「方程式」が存在する

不倫するかしないかを決める場合、実行者は用意周到なシミュレーションをします。不倫したらどんなにすばらしいか、あるいは自分は秘密にするが相手は大丈夫か、発覚した場合には配偶者からどのようなペナルティが待っているのか——。時雄の場合も妄想を通じていろいろな場面を想定しています。

繰り返しになりますが、時雄には芳子に対して不倫願望はあっても、行為には及んでいません。手をつなぐこともキスもしようとしませんでした。

どのような計算があったのでしょうか？　不倫をするかしないかの意思決定は、実は方程式にすることが可能です。方程式をつくるには、以下の４つの変数を考慮することが不可欠になります。

a．不倫から得られる利得

最大のリターンは性行為がもたらす快楽、スリル、および一時的ではあるものの相手を保有できることです。露木幸彦が『みんなの不倫』（宝島ＳＵＧＯＩ文庫）で指摘しているように、不倫相手には性行為というリターンのほかに、恋愛的メリット（＝恋愛バブル）、精神的メリット、逃避的メリットが同時に存在しているということになります。

b．発覚する確率

不倫を実行する場合、発覚する確率を計算し、最悪の事態に備えておくことが重要になります。

c．発覚後のダメージ

不倫が配偶者に見つかった場合、単なる叱責から、物質的・金銭的補償、さらには別居、離婚といった強硬手段に訴えられるケースまであり、さらには配偶者や子どもの心を傷つけるといった場合も考えられます。また不倫が発覚した後に、不倫相手と会えなくなるというのも大きなダメージの1つです。

d．倫理観

倫理観があれば、不倫は自制するものです。逆にこれがなければ、人は簡単に不倫に至ります。倫理観というものは、その人のもつ生来的なものと、これまでの人生で受けてきた教育や経験によります。また不倫した後の罪悪感をどの程度いだくかもこの変数に含まれます。

以上の変数を考慮に入れて**「不倫の方程式」**を作成すると、以下のようになります。

不倫の意思決定＝（不倫で得られる利得）－［（不倫発覚の確率）×（発覚後のダメージ）＋（倫理観）］

この方程式がプラスになれば不倫に至り、マイナスになれば不倫しない、という意思決定になります。不倫に及ぶ場合はそこで得られる利得が決め手となり、その逆に、不倫を思い留まらせるのは発覚した際に被《こうむ》るダメージ、および自分の心に内在している倫理観しだいということになるのです。

時雄はなぜ不倫を思い留まったのか？

時雄には不倫願望がありましたが、最後まで行為に及ばなかったということは、上記の方程式で言えば、マイナスになったからです。

なぜマイナスになったのでしょうか？

第一の利得については、時雄にはたくさん存在しました。結婚生活が平凡になり、妻にも飽きていたので、大きな刺激を欲していました。その刺激として「出来るならば新しい恋を為たいと痛切に思った」とあるので、恋愛バブルによって倦怠感を払拭《ふっしょく》したかったわけです。

一方で第二の不倫が発覚する可能性は、かなり高かったことが推測されます。なにしろ芳子は時雄の姉の家に滞在していたので、姉を通じて明らかになることは必然でした。時雄の妻も、時雄が芳子を気にかけていることは十分に承知していたので、実際に行為に及べばすぐにわかってしまったことでしょう。[*6]

第三の発覚後のダメージについての描写はありません。妻から離縁されるとか、子どもはどちらが引き取るかといった点について、作中では不明のままです。そこまで時雄の頭が回らなかったのかもしれません。時雄には文学者としてのプライドがあったので、発覚後というより、むしろ芳子に拒絶されたときのダメージを考慮した可能性が考えられます。

第四の倫理観の有無については、時雄にはこの倫理観が多分にありました。加えて「自己の良心」を抱き、「厳格たる師としての態度」を忘れずにいました。

後に花袋は『蒲団』を書いた当時を回想して、次のような随筆を残しています。

> その頃、私達の体に一番強く響いて来たことは、義理とか人情とかいふものに捉へられて――否、社会に、社会の道徳律に、伝統的社会の慣習に捉へられて、人間の多くが思ふままに振舞ふことが出来ず、そのため表と裏と言つたやうな不自然な二元的行動に落ちて行つてゐたことであつた。

（田山花袋「『蒲団』を書いた頃」『定本　花袋全集　第24巻』所収、臨川書店）

時雄＝花袋には、文学者として芳子に接するという「表」と、ひそかに芳子に恋愛感情をいだくという「裏」があったということです。その裏の恋愛感情に対して、社会の道徳律や伝統的社会の慣習に裏打ちされた表の良心と、先生と生徒という関係を崩したくないという「道徳律」が働き、不倫行為に及ぶことを思い留まらせました。時雄＝花袋は、恋愛感情の成就や性的な欲求よりも、こうした倫理観を優先できる人だったのです。

現代の不倫の実態

時は過ぎ、明治から大正、昭和、平成を経て令和となり、現代はすっかり不倫に対する罪悪感の薄れた時代です。また、平均寿命が84歳以上と延びるにつれて結婚生活も長くなり、夫婦の倦怠期間も同様に長期化することになりました。不倫が増大する社会的な背景が顕著になったということです。

この流れを踏まえ、現代の不倫の実態について明らかにします。**図4―1**をご覧ください。わが国の不倫の実態を示す驚くべき統計です。左側が男性の数字、右側が女性の数字になっ

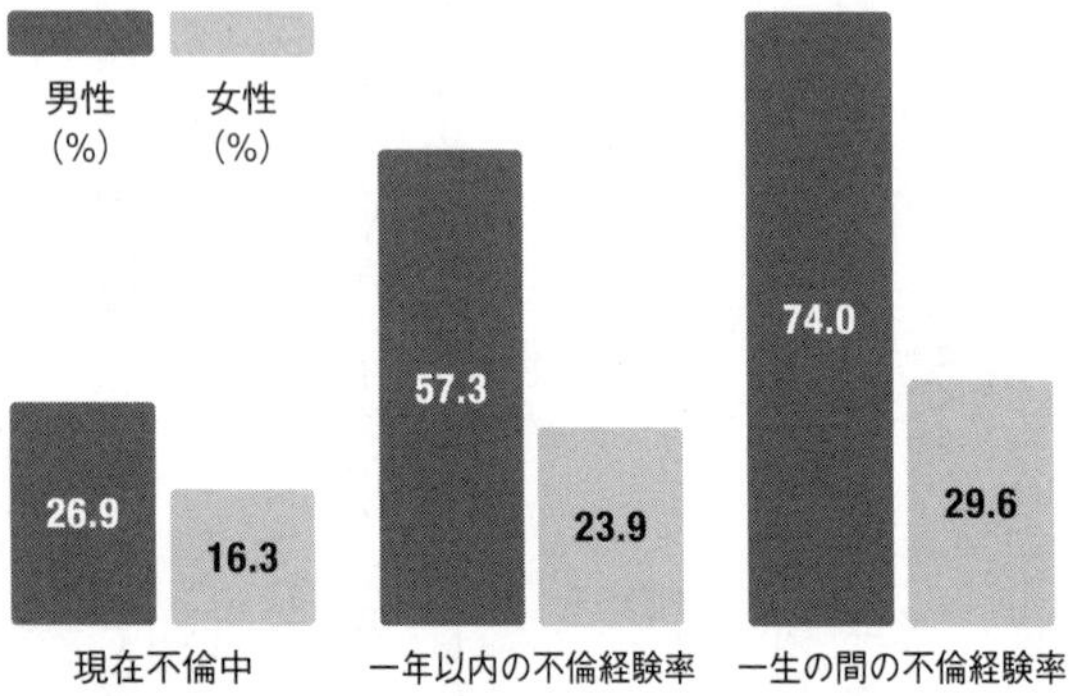

図4-1　わが国の不倫の実態

ています。また、**「現在不倫中」「一年以内の不倫経験率」「一生の間の不倫経験率」**というように、3段階に分かれています。

一目瞭然ですが、現在不倫中の夫婦は、夫が26・9%、妻が16・3%です。これが1年以内の不倫率となるとさらに増えて、夫57・3%、妻23・9%となります。さらに、長い人生の間では、男性の74%、女性の29・6%が不倫を経験しています。花袋のような強い倫理観をもつ男性が減ったようですね。

ちなみにこの数字には、性風俗店に行って性行為に及ぶ**「風俗不倫」**の数字は含まれていません。これについては国立女性教育会館が作成した「人身取引（トラフィッキング）問題について知る2011」に詳しく、最低一度でも性風俗を利用したことがある男性の割合は41・8％であるとしています。[*8]「たまにある」が13・3％、「よくある」が１％ですが、「警察白書」によれば、２０１８年末時点で全国の性風俗店舗数は店舗型が７７１８、無店舗型が２１４２１で、合計２９１３９店もあるので、わが国の風俗不倫は盛況と言えます。

上記の74％とこちらの41・8％に鑑みると、「性器の独占的保有関係」としての結婚はすでに破綻していると言えるかもしれません。多かれ少なかれ、あるいは遅かれ早かれ、人生のうちで少なくとも１回は不倫をしているのが、男性既婚者ということです。

なお、女性の不倫が昔より増えているらしいことは、しっかりしたデータとしてはありませんが、理論的には想定できることです。わたしが行なった２つの変数の相関関係を分析する二変量解析によれば、女性の有職率と不倫率は正比例の関係があることが確かめられました。「一億総活躍プラン」によって女性が結婚後も仕事を続けている割合が増加していますので、それに比例して今後女性の不倫が増えることが予測されます。

なお、未婚女性で「わたし、不倫しているの」と口にする人がいますが、それは正しい表現ではありません。不倫しているのは、相手の既婚男性であって、未婚女性の方は不倫をしているわけではありません。正しくは「わたし、不倫されているの」となります。言葉は正しく使いましょう。

∴

以上、五感のプロセスとしての恋愛と、不倫という2つの側面から『蒲団』を読みときました。この2つを理解した後に再び『蒲団』を読めば、主人公の時雄に対してまた違ったイメージをもつだろうと思います。

時雄は現状の結婚生活に対して不満をいだいていますが、根は実直で生真面目さをもつ人でした。この世の中に、一度も不倫の妄想をしたことのない中年の既婚者はいません。そして現実に不倫を実行する男女は増えています。こうした観点に立てば、時雄は実際に不倫をしたわけではなく、妻子にダメージを与えてもいないのです。もちろんキモいわけでも変態なわけでもなく、意外にいい夫なのです。

＊1　田山花袋「『蒲団』を書いた頃」『定本　花袋全集第24巻』所収（臨川書店）より。

＊２　詳しくは拙著（２００７年）『なぜ、その人に惹かれてしまうのか?』ディスカヴァー21を参照。

＊３　『蒲団』の中で4回使われている「性慾」という言葉が、必ずしも「性行為」とは結びつかないという議論があることを承知している。しかしわたしはこの立場をとらない。詳しくは、光石亜由美（２０１７年）『自然主義文学とセクシュアリティ』世織書房を参照。

＊４　イマヌエル・カント「人倫の形而上学」『世界の名著32　カント』所収（中央公論社）より。

＊５　わたしは長年、不倫の実態について研究を行ない、２０１６年に一冊の本としてまとめた。この部分は拙著（２０１６年）『大人の「不倫学」』宝島社に依拠している。

＊６　拙著『大人の「不倫学」』（同前）より。なお、念のために述べると、現代社会における不倫の発覚率はすでに統計的に判明している。夫の場合が21・０％、妻の場合は６・８％。妻の場合は不倫をしてもほとんど発覚しないが、夫の場合は5組に１組が露見する。

＊７　図４―１の出典は、以下の書籍やサイトによる。

［書籍］ＮＨＫ「日本人の性」プロジェクト編（２００２年）『データブック　ＮＨＫ日本人の性行動・性意識』ＮＨＫ出版。

［雑誌］週刊ポスト２０１０年12月17日号「２０４１人　史上最大の『人妻アンケート　不倫とＳＥＸ炎熱白書』」、週刊ポスト２０１０年９月24日号「夫が知らない人妻１０００人『ＳＥＸのホンネ』」。

［雑誌］女性セブン２０１１年３月31日・４月７日号「R40女性１０００人『性と体』アンケート」、女性セブン２０１１年４月21日号「夫の浮気～嘘と真実～」。女性セブン２０１３年１月10日・17日号「40、50代主婦の本音『夫との関係』」。

［サイト］相模ゴム工業「ニッポンのセックス」（２０１３年）。

＊８　職業別に見ると、農林漁業に分類される第１次産業従事者の男性が75％、続いて営業・販売職が59％、サービス職が50％となっている（警察官等の保安と分類される男性も40％）。

参考文献

尾形明子（１９９９年）『田山花袋というカオス』沖積舎。
小林一郎（１９８２年）『自然主義作家　田山花袋』新典社。
五井信（２００８年）『人と文学　田山花袋』勉誠出版。

第５章

「浮気市場」の傾向と対策

太宰治
『斜陽』
新潮文庫

不倫を考察する二作目として、太宰治『斜陽』を取り上げます。『蒲団』が１９０８年の作品であるのに対し、こちらは１９４７年に出版されていますので、一挙に40年近く新しくなり、時代は大正から昭和に移ります。

最初に指摘しておきますと、『斜陽』は純粋な恋愛小説ではありません。テーマとしているのは、タイトルどおりわが国の上流階級の没落です。その裏側には共産主義を礼賛《らいさん》する思想がからんでいて、政治色を感じさせる小説でもあります。これまで十分に知ることのできなかった上流階級の没落を描いた小説ということでセンセーションを巻き起こし、「斜陽族」という流行語が生まれたほどでした。

必読の書、と言いたいところですが、『斜陽』に登場する旧華族のような人たちには現在ではほとんどお目にかかれませんし、若者が「革命」に身を投じた時代も遠い昔なので、時代遅れの小説である一面も否定はできません。決して美しい文体というわけでもないので、文学的な格調もほかの文豪に比べて見劣りします。ただし、恋愛とくに**「浮気市場」**を理解するうえで、非常に役立つ描写がありますので、ぜひ参考にしていただければと思います。

戦後間もない時期の女性を描いた小説

主人公は、「私」＝かず子（29歳、バツイチ、子どもはいないが死産の経験あり）です。時代は１９４５年、終戦の年です。

戦前に華族の家に生まれたかず子は、すでに父親を亡くしていて、母親と二人で暮らしています。戦後になって二人は西片町《にしかたちょう》（現在の東京都文京区。東京大学のそば）の家を売り、１９４５年12月に伊豆の山荘へ引っ越します。ほかの家族に直治《なおじ》という弟がいますが、学徒出陣で戦争に召集されたまま消息が途絶えています。

「おひめさま」のかず子と「最後の貴族」としての誇りをもつ母親は、慣れない畑仕事をしたり、生活のために高価な着物や装飾品を売ったりして日々を生きています。「庶民」として生きる難しさを実感しつつも、徐々にそうした生活にも慣れていきます。

そんな中、安否が不明だった弟の直治が南方から帰還し、一緒に住み始めます。しかし、昔からかず子は直治を快く思っていません。直治は麻薬中毒の放蕩《ほうとう》息子であり、帰還後は酒に溺れ、母親やかず子から金をせびり、東京に出ては遊び歩くというすさんだ生活を送ります。その遊び相手の一人が小説家の上原二郎でした。上原は既婚者で、妻と娘がいます。

かず子が上原と出会ったのは、薬屋への借金に困った直治が、上原さんのところにお金を届けてほしいと懇願《こんがん》したことからでした。自分の目で上原という男を確認しようと訪ねますが、初めて会った帰り道に突然キスをされたことで、上原との間に「ひめごと」ができてしまいます。このキスをきっかけに上原のことが気になってしまい、しだいに好きという感情にまで育ってゆきます。それは前夫との離婚の原因になってしまうほどでした。

病気がちな母親をかかえ、不良の直治と同居するかず子は、不安な日々を過ごします。そんな感情もあってか上原への想いはさらに募り、自分の恋心やつらい立場をわかってもらいたく、かず子は上原に手紙を書きます。ぜんぶで3通の手紙でした。そこでかず子は上原の子どもがほしいと訴えます。しかし返事はありません。意気消沈し、上原との関係に悶々とする日々を送りますが、共産主義に関する本を読んだかず子は「恋と革命のために生れて来た」という思いを強くし、自分を励まします。

一方で母親の病状はさらに悪化し、ついには亡くなります。放蕩を続ける直治と二人きりになったかず子は、ますます上原への恋愛感情を募らせ、思いきって上原に会うため上京します。6年ぶりの再会でしたが、上原は以前の上原とは違っていました。「蓬髪《ほうはつ》は昔のままだけれども哀れに赤茶けて薄くなっており、顔は黄色くむくんで、眼のふちが赤くただれて、前歯が抜け落ち、絶えず口をもぐもぐさせて、一匹の老猿が背中を丸くして部屋の片隅《かたすみ》に坐《すわ》っている感じであった」と。ところがそう感じたにもかかわらず、その夜にかず子は上原と肉体関係をもってしまいます。

ちょうど同じの夜の明け方、弟の直治が自殺しました。直治は遺書を残していて、その中でスガちゃんという洋画家の妻の女性が好きだったと告白します。

一人になったかず子は、直治の自殺から1ヵ月後、上原に最後の手紙を書き、上原の子どもを妊娠していることを明かします。「古い道徳を平気で無視して、よい子を得たという満足がある」と。そして「こいしいひとの子を生み、育てる事が、私の道徳革命の完成」と、シングルマザーとして子どもとともに生きていくことを宣言します。

『斜陽』の時代背景と意義

よく知られた話ですが、直治や上原と同じように、太宰自身も退廃的《たいはいてき》な日々を送る「不良」でした。薬物中毒にはなるわ、せっかく入った東京帝国大学を中退するわ、不倫を何度もするわ……。あげくに自殺未遂を4回も繰り返し、そのうち1回など相手の女性は亡くなり自分だけ助かるという有様です。その乱行《らんぎょう》ぶりは、１９３５年に太宰の「逆行」と「道化の華」が芥川賞候補になった際、選考委員の川端康成から、「作者目下の生活に厭《いや》な雲ありて、才能の素直に発せざる憾《うら》みあった」と私生活を咎《とが》められ受賞を逃すほどでした。[*1]

そんな太宰ですが、実家は青森県の大地主で、その生まれ育った裕福な環境を『斜陽』のモチーフに使ったとされています。小説中のかず子の生家は華族で、１８６９年に誕生した日本の貴族の一員でした。華族のランクは「公」「侯」「伯」「子」「男」と５階級に分かれ、かず子の父親もこのどれかに属していたわけです。このような華族制度は１９４７年の日本国憲法の公布とともに廃止となりましたが、同じように太宰の実家も、ＧＨＱによる同年の農地改革によって没落します。したがって「没落貴族」とは、戦後の変革期の重要なテーマであったわけで、だからこそこの作品がベストセラーになったとも言えます。

『斜陽』の特徴としてもう１つ、太宰の共産主義への傾倒が小説中のあちこちに散見される点です。かず子に、レーニンやローザ・ルクセンブルクの本を「奇妙な興奮」をもって読ませていることでも明らかですが、当時共産主義は、ＧＨＱの民主化政策によって一時的に大きな盛り上がりを見せていました。しかし、朝鮮半島情勢や中国本土における中国共産党の躍進を目の当たりにして、１９４７年、ＧＨＱは一転して共産主義を抑え込もうとする反共政策に転換します。

その後も日本に共産主義の支持者は一定数存在しましたが、１９６０年の全学連闘争、１

９７０年の全共闘運動が過激化したあたりで急激に支持を失い、１９８９年のベルリンの壁崩壊、１９９１年のソビエト連邦の解体を経て、一般にはこの思想への盲目的な信仰は終《しゅう》焉《えん》したと言えます。

以上ざっと見てきたように、華族制度廃止と共産主義思想は１９４７年当時としては興味深いテーマであったと思われますが、21世紀に生きるわたしたちからすると、ややピンとこない部分があるかもしれません。

やはり恋愛描写の方が、今日のわたしたちには読みとくべき意義があるようです。なにしろ現代に蔓延《まんえん》する「不倫」を扱った作品なわけですから。

『斜陽』が描く2つの恋愛

『斜陽』の中の恋愛とは以下の２つを指します。

・かず子と上原との関係
・直治とスガちゃんとの関係

上原は既婚者ですので、上原がかず子に不倫したということです。他方、直治はスガちゃんが好きだと遺書で告白をしています。このスガちゃん＝スガ子は、「洋画家の妻」であると書かれていますが、これは実は直治のうそで、太宰研究の分野では、ほかでもない上原の妻だというのが定説になっています。

前者のケースではかず子が上原に惚れて、最終的に肉体関係を結びます。後者では直治がスガ子に恋愛感情をいだきますが、結局片想いで終わります。

各々を詳しく考察してゆきますが、その前提として**「浮気市場」**の特徴について論じます。浮気市場のメカニズムを知ることで、『斜陽』における2つの不倫関係がよく理解できるようになるからです。

「浮気市場」とは何か？

『舞姫』の回で、恋愛を取引する市場として、**「恋愛市場」「結婚市場」「浮気市場」**があり、各々特徴が異なると述べました。今回はこの3つの市場のうち、短期的保有関係である浮気市場の特徴について解説します。前章同様に、不倫学がその論拠です。[*2]

まず短期保有とは、主としていわゆるセフレや一夜限りの関係を指しますが、性風俗における金銭授受を介したセックスも含みます。したがって、浮気市場に参入する人は、前提として不倫をしたいという願望をもっています。その理由としては、夫婦の性的な関係が没交渉になっている場合（夫婦のセックスレスは60％近い）もあるでしょうし、性欲が旺盛な人であれば、配偶者との性行為だけでは満足できない場合も考えられます。

いずれにしても、配偶者がありながら、それ以外の人と性的な関係をもちたいと思ったときに、人は浮気市場に参入することになります。

このような浮気市場での売買には、**恋愛感情を前提にしない**、および**互いのバックグラウンドを問わない**、という2つの大きな特徴があります。どういうことか、詳しく見ていきましょう。

まず恋愛感情について、男性の場合、浮気市場においては性欲の処理という側面に重点がおかれるので、性的な快感が得られそうな女性、つまりセックスアピールの強い女性を単純に好む傾向が見てとれます。ただし、『蒲団』の章において「不倫の方程式」を解説したとおり、発覚した場合に離婚や慰謝料など支払わなければならない多大なコストがあるため、それに見合うだけのリターンがないと不倫をする決断に至りません。したがってリターンを担保する「恋愛バブル」の存在が、ある程度は必要であることも事実です。また、性行為の快感や快楽が増幅《ぞうふく》されるので、恋愛感情がないよりはあった方がいいことも間違いありません。しかし、いずれにしてもそれは最優先事項ではないのです。

第二に、恋愛市場や結婚市場では相手のバックグラウンドチェックが細部にわたってなされますが、短期保有を目指す浮気市場では、そうしたチェックはほとんど行なわれません。極端な例では名前さえ知りません。学歴も年収も家庭も性格の相性も関係ありません。その代わり絶対的に必要な条件として、**①性病をもっていないこと**、[*3] **②性的快感が十分に得られること**、**③関係の秘匿《ひとく》を保証できること**の3つが求められることになります。したがって、もし浮気市場で成功したいと思ったら、身ぎれいにして清潔感を演出し、セックスアピールを意識したうえで、秘密の保全を保証することが不可欠です。

ここで重要な理論的帰結は、たとえ既婚男性に離婚する意思があったとしても、不倫相手とは再婚しない可能性が高いということです。浮気市場では、不倫願望のある大多数の既婚男性が少数の女性を求めているために、需要と供給のアンバランスが生じていますが、離婚してバツイチになったら、既婚男性も通常の男女1：1の市場に逆戻りしますので、本来の魅力度に釣り合う相手との恋愛が可能となります。したがって独身に戻った途端、その不倫相手では物足りなく感じるだろうことが考えられます。既婚男性が「夫婦仲がうまくいって

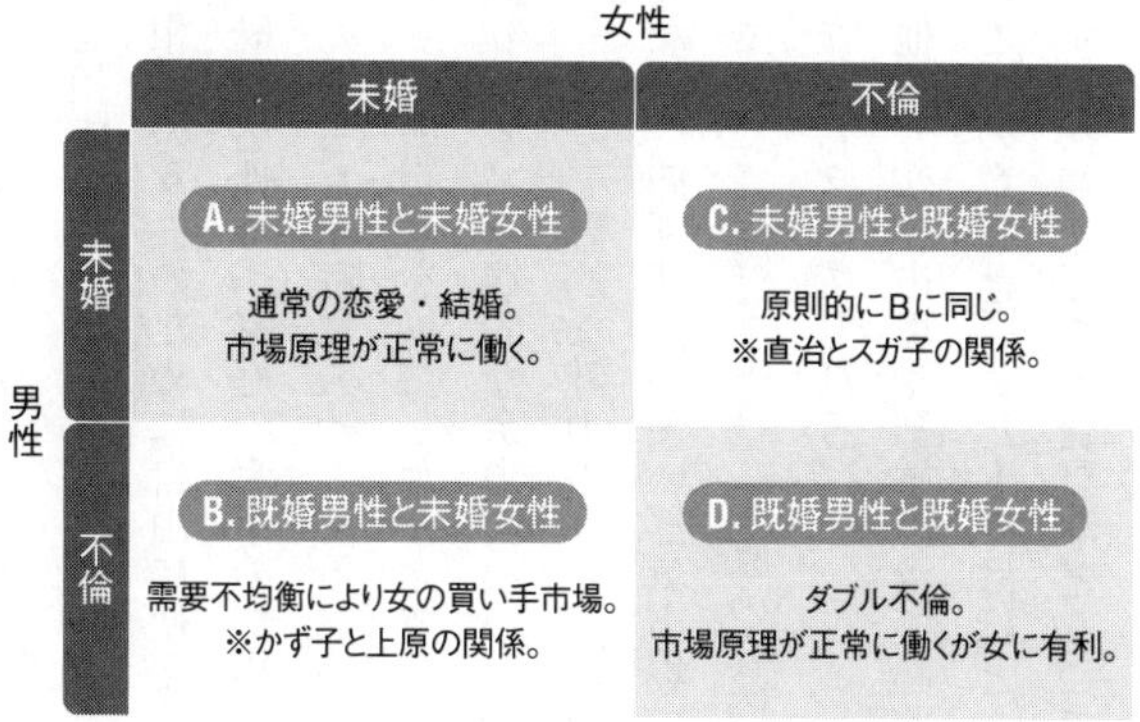

図5-1　不倫のマトリックス

いない」「別居中だ」と言ったとしても、それがそのまま不倫相手の未婚女性と結婚に直結はしないのです。

このような不倫ですが、男女が未婚か既婚かで不倫のパターンが3つ存在します。このパターンを図5―1として掲げました。通常、「不倫」と呼ばれている状態が生じるのは、A以外のB、C、Dの場合です。

Bは既婚男性と未婚女性の場合で、もっとも多く見られるケースです。前述したように、男女の比率が圧倒的に女性側に有利なために、既婚男性に相当な魅力がないと不倫関係は成立しません。

性病をもっていないこと、性的快感が十分に得られること、関係の秘匿を保証できることの3つがまず最低限必要だと先に述べました。加えて次に重要なのは**「ポケットマネー」**と**「五感的な魅力」**です。前者は年収といった単純な経済力を指すものではありません。それは妻に独占的に管理されている可能性があるため、むしろ相手の女性のために自由に使えるポケットマネーの多寡が重要になってくるのです。

既婚男性は、家庭の妻子のための経済支出があるので、そこに影響を及ぼすことができません。もし家庭に入ってくるお金が減少する事態になれば当然妻は異変に気づくでしょうから、その金額を維持したうえで、どれくらい不倫に回せるポケットマネーがあるかがカギを握ります。金銭的な余力のない男や吝嗇《りんしょく》な男は、不倫する資質をもたないのです。

一方、五感的な魅力のうちでは容姿のよさは不可欠です。結婚相手をじっくり探すのとは異なり、即断即決の多い浮気市場では、一般論として五感の中でも「見かけ」がもっとも重要です。『斜陽』では、上原の容姿はよくないとされていますが、これはかなり特殊なケースだと言えるでしょう。

他方、恋愛市場や結婚市場で必要とされる、年齢や学歴、浪費癖の有無、浮気の危惧、子育てへの意欲といったものはほとんど問われなくなるのが、浮気市場における特徴でもあります。父親としての資質などここでは関係ないのです。

図の**C**は、既婚女性と独身男性の場合です。既婚で不倫願望をもつ女性は増えてきているものの、人数としては独身男性の方が圧倒的に多いので、ここでも需要と供給のアンバランスが生じて、既婚女性の買い手市場になっています。

不倫が発覚した場合、妻が失うものは非常に大きく、とくに専業主婦であれば経済的損失は計り知れません。したがって、相手の男性が秘匿してくれることが絶対条件です。この点をクリアしないと、既婚女性は不倫には踏み切りません。

Bと同様にCでも、既婚女性の五感的な魅力が必要です。浮気市場に参入する既婚女性の年齢は未婚女性よりも総じて高いので、ここでの最大のネックは女性の魅力度にあります。独身男性が年上の既婚女性と不倫関係に至るにはそれなりの理由がなくてはなりません。そのためにも女性は視覚的な魅力を高めるか、金銭的な援助（デートの食事代やホテル代の負担）が必要となってきます。

既婚男性と同じように、不必要な資質もあります。たとえば性格上の相性や価値観の一致は必須ではありません。結婚市場では価値のある「掃除・炊事・洗濯・育児」の能力も求められません。いわゆる家庭的な女性は浮気市場では市場価値を失うのです。

Dはダブル不倫の場合です。不倫願望をもつ男女比は圧倒的に男性の方が多く、ここでも需給のバランスは崩れています。限りなくBの市場特性に類似し、圧倒的に女性の買い手市場となるため既婚男性にとっては不利です。

ダブル不倫の最大の問題は、不倫発覚リスクが2倍になる点で、どちらかが逃げ腰になってしまうということです。二人とも自分の家庭を壊してまで相手と結婚したいとは思わない可能性が高く、どちらかが「家庭を大事にしたい」と言い出したら、不倫関係は短期的なものに終わります。

以上、「浮気市場」をまとめると、不倫の最大のメリットは、性処理ができるうえに、セックスに伴う快楽が秘匿されている分さらに増幅し、恋愛感情が芽生えていれば「恋愛バブル」まで発生するため、多大な幸福感が生じるということです。平々凡々とした日々から脱し、新しい刺激を受けて毎日が充実したものと感じられるわけです。

長い夫婦生活を送るうえで不倫願望が生まれることは不可避であり、第4章の最後で論じたとおり、とくに既婚男性の浮気市場での取引は活発であり、短期間に不倫願望者が繰り返し再参入してきます。定義からして不倫は短期的な関係なので、ある一定期間が過ぎると別れ、再び不倫願望をいだいて浮気市場に流入するということが無限ループのように続くのです。男女ともに、不倫を1回でも経験すると歯止めが効かなくなり、2回3回とハマるケースが多々見られます。

また、一度不倫を経験すると、浮気市場の特性や不倫相手の心理に詳しくなり、「不倫偏差値」とも言うべき不倫スキルが上がることが予想されます。したがって、浮気市場に再参入したときの方が、それ以前より魅力度の高い相手と不倫することが可能となります。さらに既婚のビジネスマンであれば、一般に50歳前後まで収入が漸増《ぜんぞう》していくため、50代まではポケットマネーが上昇し、それに比例して不倫の可能性が高くなっていきます。

上原の立場から不倫を考える

それでは『斜陽』の不倫について考えてみましょう。上原―かず子の不倫には、上原から見た場合とかず子から見た場合があるわけですが、まず前者から考察します。

上原はかず子以外にも不倫相手がいました。つまり、上原に不倫について倫理的な歯止めは存在しません。チャンスがあればいつでも、という姿勢です。経験に裏打ちされた不倫偏差値も高そうで、そこに降ってわいたようにかず子が登場するのです。直治曰く「姉さんは美しく」「賢明」ということなので、上原としても、初めて会ったかず子を視覚的に魅力のある女性と思ったことでしょう。

したがって、上原がお酒を飲んだ帰りにかず子に突然キスしたのは、かず子にこうした外見的な魅力を感じたということです。一方のかず子は、このキスがきっかけで上原に恋愛感情をいだくようになります。上原としては軽い気持ちでキスをしたのに、かず子の方では病弱な母親をかかえる悩みから精神的に逃避したいという思いと相まって、徐々に上原への気持ちを高ぶらせていくわけです。

　かず子が3度にわたって手紙を出し、上原のことが好きで、上原の子どもがほしいと訴えたというのは先述のとおりです。かず子を浮気相手としてしか見ていない上原にしてみれば、たいへんびっくりしたことでしょう。返事を書かないのも当然です。

　想いを募らせたかず子は、突然、しかも夜中に上原のもとに押しかけていきます。一夜の遊び相手としか見ていない上原は、その気持ちを隠そうともしません。上流階級のかず子なら性病の心配がなく、東京から遠い伊豆に住んでいるため秘匿の保証もあります。しかも浮気市場ではありえないくらい魅力度も高い。上原の子どもをほしがっているのが唯一の難点ですが、そのほかの観点からすると不倫相手として理想的な女性でした。

　上原はかず子に「遮二無二《しゃにむに》」にキスをします。かず子からすれば「性欲《せいよく》のにおい」がするキスです。上原は「しくじった。惚《ほ》れちゃった」と言いますが、これは恋愛感情をいだいたわけではありません。セックスの対象として惚れたという意味です。上原は念を押します。

「行くところまで行くか」と。これに対してかず子が拒否をしなかったので、上原としては、あとはタイミングをはかるだけと思ったに違いありません。


いつのまにか、あのひとが私の傍に寝ていらして、……私は一時間ちかく、必死の無言の抵抗をした。

ふと可哀《かわい》そうになって、放棄した。

「こうしなければ、ご安心が出来ないのでしょう？」

「まあ、そんなところだ」

（『斜陽』、179頁）


こうして上原は、かず子という魅力的な女性と一夜だけの性行為をしました。そこには愛情のかけらもなく、ただ性欲のはけ口としてのセックスだったのです。かず子と違い、上原はそれ以上の関係を望んでいません。

もう1つ、上原がかず子と肉体関係を結んだ重要な理由として、「貴族」に対する征服欲があったことは見逃せません。太宰が『斜陽』で描き分けているのは、上流階級と庶民の階級的な視座です。この観点から二人の性的な関係を描くことが太宰の意図なのです。

上原は上流階級に対して劣等感をいだいています。自身を「田舎の百姓の息子」とする上原は作中で告白します。

「僕は貴族は、きらいなんだ。どうしても、どこかに、鼻持ちならない傲慢《ごうまん》なところがある。(後略)」（同、１７５頁）

「けれども、君たち貴族は、そんな僕たちの感傷を絶対に理解できないばかりか、軽蔑《けいべつ》している。」（同、１７５頁）

上原には直治を通じた上流階級に対する興味があり、畏怖があり、拒絶感があり、劣等感がありました。この「貴族」への屈折した感情の裏返しとして、「おひめさま」のかず子を肉体的に征服したかったと考えられます。かず子を征服することで、「鼻持ちならない傲慢な」上流階級に対して優越感をいだけたわけです。この意味においても、上原の目的は一夜限りの関係で達成できたことになるのです。

かず子の立場から不倫を考える

では、なぜかず子は上原と不倫関係になったのでしょうか？　かず子は独身女性で、不倫相手としてわざわざ上原を選んでいます。上原はいったいどんな魅力をもっていたのでしょうか？

どうやら上原の見かけではないようです。なにしろ、かず子のお手伝いさんは上原を「小《こ》柄《がら》で顔色の悪い、ぶあいそな人」と評していますし、かず子自身も初めて会った上原の感想を「お年寄りのような、お若いような、いままで見た事もない奇獣のような、へんな初印象を私は受取った」としています。

ところが、一緒にお酒を飲んだ帰りにキスをされて、それがきっかけで上原に対して恋愛感情が芽生えます。たしかに、病気の母をかかえ、遊び人の直治を弟にもつかず子が、現実逃避の手段として恋愛に逃げ込みたい気持ちは理解できなくはありません。したがって6年もの間、片想いの兆候である「美化」した上原に想いを募らせていったことも道理です。もしこの延長線上にある上原だったら、次に会ったときに肉体関係になったとしても自然のなりゆきと納得できる事態でしょう。

しかし、問題はここからです。

かず子は6年ぶりに上原に再会します。目の前に現れたのは以前の上原でも、美化された上原でもありませんでした。見かけが変わり果て、たいへん醜い男になっていたのです。「顔は黄色くむくんで、眼のふちが赤くただれて、前歯が抜け落ち」ていました。生理的に拒否反応が出そうな外見です。

さらにかず子は、上原が自分を愛していないことも悟ります。「性慾《せいよく》のにおいのするキスだった。私はそれを受けながら、涙を流した。屈辱の、くやし涙に似ているにがい涙であった」と描写されていますから、かず子は自分が愛情の対象として見られていないことを知っていました。その時点でさっさと帰ってしまえばよかったのですが、しかし上原と寝てしまうのです。

なぜかず子は上原と肉体関係を結んだのか？

2つの説明が可能です。1つは、上原の見かけではなく、才能に惚れていたというものです。心理学者ジェフリー・ミラーらの研究に、女性は排卵期になると、創造的知性をもつ男性に惹きつけられるという仮説があります。女性は排卵期と生理期を繰り返す特徴がありますが、ミラーらは女性の性周期と芸術的才能をもつ男性への好みについて実証研究を行ないました。[*4]

①貧乏だが芸術の才能がある
②お金持ちだが芸術の才能は乏しい
③貧乏だがビジネスの才能がある
④お金持ちだがビジネスの才能は乏しい

以上の４種類の男性像を女性被験者に示し、性周期においてどのタイプを好むか選ばせたのです。実験の結果、妊娠しやすい時期では、①の「貧乏だが芸術の才能がある」男性がもっとも好まれました。ほかの時期においては、答えはばらつきましたが、妊娠しやすい時期に性的な関係を結ぶ相手としては、「創造的知性」をもつ男性に惹かれ、その男性との間に子どもを産みたいと願う傾向にあると結論づけています。

まさしく上原は、貧乏であるが、小説家としての才能は豊かです。直治から上原の小説を借りて読んでいるので、かず子は上原の知性について承知していました。したがって、当時のかず子が妊娠しやすい排卵期にあったとすれば、上原との子どもを欲しくなったことは、遺伝子レベルの欲求だった可能性があるわけです。

もう1つの説明は、太宰の『斜陽』のメインテーマからの仮説で、上原が庶民と上流階級との「懸け橋」の役割を果たしたという考え方です。いかにも太宰的な解釈です。

上原は自分を庶民の出身としていますが、かず子にとっての上原は「庶民の世界からの逸脱者」[*5]なのです。上流階級と庶民をつなぐ存在として上原がいて、その上原と肉体関係をもつことは自分が庶民になろうとする強い意志の表れととらえることができます。

そもそもキスをしたのが地下室の階段の「中頃《なかごろ》」（「途中」ではなく）というのは示唆的です。太宰が象徴的に「懸け橋」を書いたとも解釈できます。[*6]

したがってかず子は、現在の変わり果てた上原に抵抗したものの、最後には抵抗を「放棄した」のです。かず子にとって、上原という存在は「庶民転生」への入口であり、上原への恋慕＝庶民転生への希求でもあったのです。[*7]

そして、直治が自殺によって「庶民への希求」を断念したのと異なり、かず子は上原の子どもを宿すという形で成就したわけです。

なぜスガ子は不倫をしなかったか？

太宰が描いたもう1つの不倫は、直治と上原の妻であるスガ子との関係です。厳密には両者に不倫関係はありませんでしたが、直治にはスガ子への強い恋愛感情がありました。直治は遺書の中でその気持ちを、「永いこと、秘めに秘めて、戦地にいても、そのひとの事を思いつめて、そのひとの夢を見て、目がさめて、泣きべそをかいた事も幾度あったか知れません」と表現しています。

では、スガ子のどこが好きだったのでしょうか？　同じく遺書の中で、次のように述べています。

> そのひとは、姉さんよりも、少し年上です。一重瞼《ひとえまぶた》で、目尻《めじり》が吊《つ》り上って、髪にパーマネントなどかけた事が無く、いつも強く、ひっつめ髪、とでもいうのかしら、そんな地味な髪形で、そうして、とても貧しい服装で、けれどもだらしない恰好《かっこう》ではなくて、いつもきちんと着附けて、清潔です。（中略）或《あ》る中年の洋画家の奥さんで、その洋画家の行いは、たいへん乱暴ですさんだものなのに、その奥さんは平気を装《よそお》って、いつも優しく微笑《ほほえ》んで暮しているのです。
>
> （同、１９０頁）

かず子も、初めて会ったときにスガ子に好印象をもちます。かず子が夜中に突然自宅に現れたにもかかわらず、「言葉の調子には、なんの悪意も警戒も無」く、「しんからのんきそうに笑って」いるような女性であり、かず子は「あの奥さまはたしかに珍らしくいいお方」という具合にすっかり感心しているのです。

直治とかず子の両者が簡潔に言及しているとおり、スガ子は、庶民的で素朴な女性です。放蕩作家である上原の妻とは思えないくらい、つつましく、超然として気高く、清潔感にあふれています。直治が希求する庶民的な女性像の模範です。上流階級を忌み嫌い、庶民に近づこうとした直治が、このようなスガ子に惚れるのは必然でもあります。直治はスガ子の中に庶民の理想を発見していたのです。

では、スガ子によって直治はどんな存在だったのでしょうか？

これはスガ子の立場を考えれば、容易に理解できます。残念ながら、スガ子にとって直治は上原のミニチュアでしかありません。上流階級から逸脱しようとする直治と、庶民から逸脱した上原とは基本的に同じ種族なのです。ですから、上原一人を愛していれば十分なのであって、直治と不倫する理由がありません。上原と重複するだけであり、直治から新しく得られるメリットがないのです。

スガ子は階級などというものとは無縁です。性欲とも無縁です。かわいい娘と日々の生活を送り、貧しいながらも満足しています。庶民の中で、庶民として気高く生きているのです。上原がお金を入れてくれないために切れた電球さえ買うことができず、「私どもは、これで三晩、無一文の早寝ですのよ」と苦労していても、「のんきそうに笑って」いるような女性です。こんなスガ子に直治が惚れるのは当然としても、スガ子の方に直治に恋愛感情をいだく必然性はなく、直治の恋は片想いに終わるしかなかったのです。

シングルマザーは甘くない

最後に、この小説の結末について、一言追記しておきます。かず子は上原と肉体関係になった結果妊娠し、子どもを産んで一人で育ててゆくことを宣言します。「はじめからあなたの人格とか責任とかをあてにする気持はありませんでした」と最後の手紙にあるので、上原に養育費を請求することも認知してもらうことも求めていません。

これは、いくらなんでも上原に都合よすぎではないでしょうか。浮気市場での不倫関係とはいえ、子どもができた以上は、上原に道義的かつ法的な責任が生じます。避妊具をつけずにセックスしたわけですから、妊娠させる可能性について知っていたはずです。スガ子と離婚し、かず子と再婚しろとまでは言いませんが、子どもを認知して、養育費を払うくらいはすべきでした。

そんな状況なのに、太宰は「道徳革命の成就」というお題目で上原を免罪し、かず子にシングルマザー宣言をさせてしまうわけです。

かず子がシングルマザーとして一人で婚外児を育ててゆくのは簡単なことではありません。現実は厳しいのです。今日でもたいへんなことなのに、戦後間もない混乱の時代ならなおさらです。

なにしろかず子にはお金がありません。すでに貧乏の域に転落しています。両親ともになく、弟も自殺し天涯《てんがい》孤独《こどく》になったかず子が、女手ひとつで子どもを育てる困難さは想像を絶します。おそらくは伊豆の家を売ってそのお金を生活費にあてるのでしょうが、それでもかなりの苦労が予想されます。仕事につくとしても、華族の家に生まれたために労働のスキルがありません。また子育てはどうするのでしょうか。当時は託児所もありません。面倒をみてくれそうな母親もすでに亡くなっています。どうやって仕事と育児を両立させていくのでしょうか。

一夜の関係だったにしても、妊娠させてしまったわけですから、上原にしっかりと責任をとらせるべきだったのです。これは、現在のわたしたちの視点だから主張できることですけれど。いずれにしてもわたしには納得できない結末でした。

＊１　長篠康一郎（１９６９年）『人間太宰治の研究Ⅱ』虎見書房。

＊２　拙著（２０１６年）『大人の不倫学』宝島社。

＊３　この小説が書かれた１９４７年当時は性病が大きな社会問題であったので、性病のチェックの必要性について特筆に値する。現在では性病は治癒可能なものとなったが、終戦当時では大病だった。血液型のA型の人はとくに梅毒に弱く、梅毒によってアメリカ大陸のA型の人々がことごとく死亡してしまったくらいである。精液の中に侵入したウイルスによって感染する性病はたくさんあるが、一般に知られているものは、上記の梅毒のほかに、クラミジアやトラコマチス（不妊や子宮外妊娠を引き起こす）、淋菌感染症（おりものや発熱、下腹部痛をともない、不妊を引き起こす）、ヘルペス（水ぶくれ、ただれを伴う）、尖圭コンジローマ（イボができる）、カンジダ（おりものをともなう）などがあり、自然治癒が難しいものばかりである。現在でこそ泌尿器科に行けば完治することができるが、当時は治癒には時間もお金もかかった。

＊４　Martie G. Haselton and Geoffrey F. Miller. 2006. “Women’s Fertility Across the Cycle Increases the Short-

Term Attractiveness of Creative Intelligence Compared to watch." Human Nature, 17 (1), 50 ~ 73.

＊5　詳しくは、郡継夫（２００５年）『太宰治　戦中と戦後』笠間書院。

＊6　ただし、この6年前のキスに際して、かず子は「私は唇《くちびる》を固く閉じたまま、それを受けた」とあるので、この時点では、まだ上流階級からの脱皮を強く願っていたわけではないことが暗示されている。

＊7　郡継夫、前出、１９２〜１９３頁。

参考文献

野原一夫（１９８０年）『回想　太宰治』新潮社。

山口俊雄編（２００６年）『太宰治をおもしろく読む方法』風媒社。

神谷忠孝・安藤宏（１９９５年）『太宰治全作品研究事典』勉誠社。

第６章

夫婦の相性を規定するもの

谷崎潤一郎
『痴人の愛』
新潮文庫

『痴人の愛』は、谷崎潤一郎が男女の関係を「私小説」ふうにつづった長編小説です。この作品は男女の性格や行動を非常に細かく描写している点でほかの小説と一線を画していて、この観点に立てば近代文学の最高傑作の１つと言えるでしょう。本書でもいろいろな名作を取り上げていますが、この『痴人の愛』の恋愛心理描写の緻密さは、漱石の『こころ』に匹敵するレベルです。

『痴人の愛』は関東大震災の翌年の１９２４年から連載され、翌１９２５年に一冊の書籍として出版されました。小説に登場するナオミが自由奔放な魔性の女であったことから、このような女性を称して「ナオミズム」という言葉が生まれたくらい大ヒットした作品です。

何人もの男を次々と虜に

主人公は河合譲治という男性です。のちに妻となるナオミ（本名は奈緒美、登場時15歳）に出会った当初は28歳でした。小説の最後の一文で「ナオミは今年二十三で私は三十六になります」とあるので、８年間のうちだいたい５年間の恋愛と結婚が書かれた物語ということになります。

河合は電気会社の技師で、蔵前《くらまえ》の高等工業（現在の東京工業大学）を卒業した、かなり高給取りのビジネスマンです。非常にまじめな理系男子ですが、風采《ふうさい》は上がりません。本人曰く「男振りに就いての自信がない。何しろ背が五尺二寸（158センチ）という小男で、色が黒くて、歯並びが悪くて」とありますので、たしかに見た目の魅力は乏しいようです。趣味といえば映画鑑賞くらいなもので、女道楽をしないことから会社でのニックネームは「君《くん》子《し》」でした。

8年前、ナオミは浅草雷門近くにある「カフエエ・ダイヤモンド」というお店でウェイトレスをしていました。河合はこの店に立ち寄った際にナオミを見初めます。顔立ちがハーフのような「陰鬱《いんうつ》な、無口の」少女で、「悧巧そう」にも見えました。河合は（映画『マイ・フェア・レディ』のように）ナオミを教育して、「朝夕彼女の発育のさまを眺めながら」将来自分の妻にしたいと妄想します。その後一緒に映画に行ったことをきっかけに、二人で会う仲になります。ナオミが英語と音楽に興味があるということで、河合は習いごとの月謝を負担する代わりに、仕事を辞めて自分と一緒に住まないかと誘います。ナオミは了承して、二人は大森にある一軒家で同棲を始めます。

最初は友だちのような関係だったのですが、1年後には肉体関係をもち、正式に入籍もして夫婦となりました。

ところが、ナオミは掃除をしません。料理もしません。それでいて、何がほしい、どこに連れていってほしいと要求ばかりする、傲慢《ごうまん》でわがままな女でした。さらに、英語の勉強をしてみたところ、頭の回転の悪さや理解力の乏しさも露呈します。その反面、彼女の肉体は期待以上に成熟しており、河合はすっかり虜《とりこ》になっていきます。

18歳のとき、ナオミは慶應義塾大学の学生である浜田に誘われ、ダンス教室に入りたいと言い出します。ナオミが懇願するので河合も一緒に通うことになりますが、やがて河合は、ナオミが熊谷政太郎（まァちゃん）という同じく慶應の学生で、「マンドリン倶楽部」というオーケストラに所属する男とも親しい仲であることを知ります。

実は、ナオミは独身を装って浜田や熊谷だけでなく、複数のマンドリン倶楽部のメンバーと肉体関係をもっていたのです。河合が問い詰めるとナオミは不倫を認め、今後は浜田や熊谷と会わないと誓ったので、口惜しいと思いつつも許すことにしました。とはいっても、河合との関係はギクシャクしたままで、以前の夫婦関係には戻りません。

もう不倫はしないと約束したナオミでしたが、実際には熊谷との関係を断っておらず、近くの旅館で密会していました。怒った河合は、ナオミを追い出します。

一時はナオミがいなくなって清々したものの、河合は急激に寂しさを覚え、未練が募っていきます。連れ帰ろうとしてナオミの実家に行きますが、ナオミはいません。どうやら男の家を転々としているらしいことを浜田の口から知らされ、ほとほと呆れた河合は、もうきれいさっぱりナオミのことを忘れようと決意します。

数ヵ月経った後、突然ナオミが大森の河合宅に荷物をとりに現れました。その後も毎晩のようになにかしらの口実をつくって訪ねてきますが、そのたびにこれ見よがしに妖艶な姿態を見せつけ、河合を翻弄《ほんろう》します。河合は徐々にナオミのペースにのせられる形でその肉体美に屈服させられ、結局よりを戻してしまいます。

再び結婚生活を始めますが、すべてはナオミの言いなりです。ナオミは以前にもまして不倫し放題な日々を送るのですが、河合はすべてを甘受する道を選びます。

果たしてマゾヒズムなのか？

谷崎自身が冒頭に書くように、一読したところ「あまり世間に類例がないだろうと思われる」夫婦関係です。男性のわたしとしては、ナオミとはどんなに素敵な肉体美をもっている女性なのか見てみたいと思ってしまいます。

『痴人の愛』は私小説だと書きましたが、当然ナオミにはモデルがいて、それは出版当時の谷崎夫人であった千代子の妹、小林せい子でした。せい子の写真は１９２２年７月号の『婦人公論』に載っていますが、それを見る限り、たしかにハーフのような顔立ちの美人です。[*1]
作者である谷崎潤一郎は、耽美派《たんびは》を代表する小説家です。耽美派とは、芸術作品において美を至上のものとして極限まで追求する創作姿勢を指します。限りなく美を求めるわけですから、一般常識や道徳や倫理といったものと齟齬《そご》や軋轢《あつれき》が生じることもあるわけで、その結果、わたしたち読者の眼には、退廃的、反道徳的、破壊的、さらには変態的にさえ映る場合があります。

とりわけ『痴人の愛』は、谷崎文学の中でもマゾヒズムを体現した小説だと言われてきました。マゾヒズムとは、谷崎の言葉を引用すれば「虐待されるのを喜ぶ」ことを指しますが、たしかに谷崎自身にマゾ的な指向があったことはよく知られるところです。[*2]
『痴人の愛』の中にマゾヒズムを象徴するシーンがあります。よく引き合いに出されるのは、ナオミが河合に馬乗りになる場面です。小説では3回馬乗りのシーンがあるのですが、三度目は強烈です。以下、少々長くなりますが引用します。

「じゃあ己を馬にしてくれ、いつかのように己の背中へ乗っかってくれ、どうしても否ならそれだけでもいい！」

私はそう云って、そこへ四つン這《ば》いになりました。

一瞬間、ナオミは私が事実発狂したかと思ったようでした。彼女の顔はその時一層、どす黒いまでに真っ青になり、瞳を据えて私を見ている眼の中には、殆《ほとん》ど恐怖に近いものがありました。

が、忽《たちま》ち彼女は猛然として、図太い、大胆な表情を湛《たた》え、どしんと私の背中の上へ跨《また》がりながら、

「さ、これでいいか」

と、男のような口調で云いました。

「うん、それでいい」

「これから何でも云うことを聴くか」

「うん、聴く」

「あたしが要るだけ、いくらでもお金を出すか」

「出す」

「あたしに好きな事をさせるか、一々干渉なんかしないか」

「しない」

「あたしのことを『ナオミ』なんて呼びつけにしないで、『ナオミさん』と呼ぶか」

「呼ぶ」

「きっとか」

「よし、じゃあ馬でなく、人間扱いにして上げる、可哀《かわい》そうだから。——」

そして私とナオミとは、シャボンだらけになりました。……


(『痴人の愛』、367〜369頁)

多くの谷崎論では、このシーンを評して「マゾヒズム小説」の代表的な描写としてきました。たしかにその一面もあるでしょうが、それだけではないように思われます。この場面は今後の関係性でどちらが主導権をとるのかを確認しているだけであって、その象徴として馬乗りになっているにすぎません。河合がこのように「虐待されていることを喜んで」いる場面は、実は『痴人の愛』の中でそれほど多くはないからです。

わたしとしては、マゾヒズムを描いた小説である点は否定しませんが、もっと説得力のある別のアプローチがあり、その方がこの作品をさらに深く理解できると考えます。それがこれから述べる「社会内分泌学的《しゃかいないぶんぴつがく》アプローチ」です。以下、この考えを『痴人の愛』の分析ツールに用いたいと思います。

社会内分泌学的アプローチ

社会内分泌学（Social Endocrinology）とは、恋愛学の新しい分野で、人間の体内にあるホルモンや神経伝達物質の多寡《たか》と人間の行動を観察することで法則性を見つけ出そうとする学問です。[*3]

ホルモンとは身体の働きを調整する化学物質で、甲状腺《こうじょうせん》や生殖腺《せいしょくせん》といった内分泌腺《ないぶんぴつせん》で生産されます。また神経伝達物質はシナプス（神経と神経のつなぎ目）で情報伝達を介在する物質であり、わたしたちの体内にこれらはスプーン小さじ一杯に満たないくらいのほんの少量しか存在しませんが、行動に大きな影響を与えているものです。

恋愛や結婚も人間の行動なので、社会内分泌学からの分析が可能です。とくに『痴人の愛』は、性格や心理描写が非常に細部にわたっているので、河合とナオミにホルモンや神経伝達物質がどの程度あって、どのように影響を与えるかについて十分に知ることができます。

人間関係、とくに恋愛の場面において、私たち人間の性格を規定するもっとも重要なもの

は、2つの化学物質に集約させることができます。その2つとは、

・男性ホルモンであるテストステロン
・脳内神経伝達物質であるドーパミン

です。各々詳しく解説していきます。

性格を「男らしく」するテストステロン

まずは、**テストステロン**からです。テストステロンは男性ホルモンの一種で、わたしたちの第二次性徴に大きく関わっています。声変わりをもたらしたり、筋肉質で丈夫な骨格をつくったり、男性の場合は精子をつくる機能にも影響を及ぼします。

性格的には、人はテストステロンが多いと「男らしく」なります。[*4] 具体的には、

・合理的な思考
・独立心や自立心

・自信家（ただし自信過剰のきらいも）
・リーダーシップに優れ、堂々としている
・集中力がある
・空間認知能力や音楽的素養に優れる
・闘争本能が豊富で、負けず嫌い
・一人でいたい、干渉されたくないという孤独願望が強い

といった特徴があります。

一方でこのような男性[*5]は、同時に短所を併せもちますが、その特徴としては、

・暴力的
・性欲が強く浮気性
・夫婦間の協力が不得手で、家庭内不和を起こしやすい

といった点が挙げられます。

他方、テストステロンが少ないと、反対に「優しい」性格になります。特筆すべき点としては、

・争いごとが嫌い
・微笑みを絶やさない
・家族やチームで協調を旨とする
・浮気しないマイホームパパになる

といった長所があります。ただし、短所としては、

・優柔不断
・頼りがいがない
・リーダーシップに欠ける
・会社で昇進しない、もしくは昇進に興味がない

といった点が顕著です。[*6]

テストステロンは男性ホルモンですが、女性の体内にも微量ながら存在して、だいたい男子の10数分の１程度あります。総量は少ないですが、女性の身体は繊細につくられているので、少量であっても影響が大きくなります。

女性の場合もテストステロンが多いと、男っぽい性格をもち合わせることになります。たとえば、元気のいい負けず嫌いの女性。これはテストステロンが作用した結果です。また男性特有の合理的思考になったり、１つのことに集中する能力があったり、方向感覚や音楽的素養が優れたりします。性関係では、男性と同じようにセックスを好む傾向になります（社会内分泌学の研究では、「おてんば」な女性ほど、過去に性交した人数や回数が多いとされる）。また、テストステロンが多い人は独立心や自立心が強くなるため、男性と衝突しがちとなり、性対象としての男性に興味はありつつも、精神的な距離感で悩む傾向も見られます。

その反対に、テストステロンが少ない場合には、女性らしさをつくりだすエストロゲンの特徴が色濃く発現します。エストロゲンが多い女性はふくよかな唇をしていますし、胸やヒップの脂肪分も豊かです。またエストロゲンは若さや皮膚のみずみずしさにも作用しますので、年齢よりも若々しく見えます。性格的には合理的思考より情緒的になりがちで、浮気はせずに一人の男性を深く愛する傾向があります。

テストステロンの多寡は、性格ばかりでなく見かけにも表れるので、外見によってどのくらいテストステロンが多いか少ないかがある程度わかるものです。

たとえばテストステロンの多い男性だと、いわゆる男っぽい顔立ちで、骨格はがっしり、あごが大きく、中年になるとはげになりやすく、胸毛が多いという特徴があります。

また、内分泌学者は、テストステロンは右手の薬指と人さし指の長さの比率を見れば、ある程度わかるとしています。右手の人さし指と薬指にテストステロンの多寡が発現しているとする研究は多くあり、それによると、人さし指と比較して薬指の方が長い人ほどテストステロン値が高いことが統計的に見られるとのことです。

なお、ここまでテストステロンが「多い」「少ない」と二元化して書いていますが、実際には狂暴なほど多い人から虫も殺さないくらい少ない人までが存在するわけで、テストステロンの多寡は一直線上になっているとご理解ください（後述するドーパミンも同）。「多い」「少ない」とはあくまで比較の問題であり、わたしたちはそれぞれその線上のどこかに位置しているということです。

このようなテストステロンですが、人間関係に大きく影響を与えるため、性格的な相性が

女性のテストステロンの量 ＼ 男性のテストステロンの量	多い	少ない
多い	① 合理的思考の持ち主同士で、互いに自己主張をする。ケンカは絶えないが、夜の関係は多い。	③ 夫婦関係は妻がリード。家庭内の決定権は妻の方にある。
少ない	② 夫婦関係は夫がリード。家庭内の決定権は夫の方にある。	④ おだやかな夫婦関係。夫はマイホームパパで、妻は貞淑。ケンカも夜の関係も少ない。

図6-1　テストステロンの多寡による夫婦の相性

わかります。テストステロンが多い同士が良いとか悪いとか一概に断定することはできませんが、どのような関係になるかはだいたい推測できるのです。

図6—1は夫婦関係を例にとり、男女のテストステロンの多寡に応じて分類したものです。

①のように、両者ともにテストステロンが多いと、自己主張が強い負けず嫌い同士なので、個性がぶつかって反発し合い、ケンカも生じやすくなります。ただし上手に妥協することができれば、一緒にいて楽しく、セックスの相性も良好です。男女ともに合理性を志向するので、お互いが何を考え、何を欲しているか理解し合えるという利点もあります。

他方、④のように両者ともにテストステロンが少ないと、たいへん物静かなカップルということになります。ケンカのような争いごとが少なく、性格的な相性は良好です。ただし、お互いものごとを合理的に決めるのが苦手なので、何か問題が生じたときの迅速な対応が難しいといった欠点があります。

②と③のように、一方が多かったり少なかったりという偏りがある場合には、どちらかがリードする関係性になります。②の場合は、男性のテストステロンが多く、女性のそれが少ないので、圧倒的に男性がリードする夫婦関係になり、俗に言う「亭主関白」になる可能性が大です。家庭内の決定権は夫にあり、妻は従順です。昭和の家庭像をイメージしてもらえるとしっくりくるかもしれませんが、夫の家庭内暴力や不倫も生じやすい関係ではあります。

③の場合は②の逆で、いわゆる「かかあ天下」の関係です。家庭内の決定権は妻がもち、給料は妻の管理下におかれ、夫は少額のお小遣いをもらってやりくりします。③とは逆に、妻の不倫や家庭内暴力も起きる可能性があります。

基本的には、人間関係はこうした4つの関係に属することになりますが、どちらかがこの関係に不満をいだくと、恋愛では別れることになり、結婚では別居、さらには離婚という手順を踏んで関係が解消されることになります。

ドーパミンが多いと情熱的な恋をする

恋愛や結婚においてもう１つ重要なのが、神経伝達物質である**ドーパミン**です。斬新性、冒険性を規定するものであり、人は恋愛をするとドーパミンがどっと出ます。恋愛バブルが生じているとドキドキして心地よさを覚えますが、その気持ちの高ぶりはドーパミンによるもの。また、好きな相手に告白してＯＫされたときは最高の気分になるものですが、そのときこそドーパミンが最高潮に出ている瞬間です。

米国ラトガー大学のヘレン・フィッシャーによると、ドーパミンは「危険をかえりみない傾向、衝動性、旺盛なエネルギー、好奇心、創造性、楽観主義、情熱、精神的な柔軟性」を決める物質となります[*7]。

端的に言えば、ドーパミンが多いとアウトドア派になり、少ないとインドア派になります。スポーツやバンジージャンプなどのアクティビティに挑戦するアウトドア派に対し、読書や音楽鑑賞を好むインドア派と分類するとわかりやすいでしょうか。

これを結婚後の夫婦関係で考えると、**図6―1**と同じように、ドーパミンの多寡によってマトリックスを作成できます。４つに分類したものの結果を**図6―2**にまとめました。

テストステロンとは異なり、ドーパミンは男女間でバランスがとれていることが大切です。

女性のドーパミンの量＼男性のドーパミンの量	多い	少ない
多い	1. 理想的な関係 男女ともにアウトドア派。 週末は外に出かける。	3. 最悪の相性 女性が不満を抱える。 ※離婚率がいちばん高い。
少ない	2. 良くない相性 かつての日本には多かったケース。 夫が遊び（不倫し）がち。	4. 理想的な関係 週末は家で過ごすか、 カフェや美術館めぐり。

図6-2　ドーパミンの多寡による相性

その意味で、①と④が恋人・夫婦関係として理想です。①は男女ともにドーパミンが多く、お互いにアウトドア派。週末はスポーツをしたり、また行ったことのないレストランで食事をしたり、海外旅行を楽しんだりする仲になります。旅先ではのんびりするというより、いろいろなイベントに参加するタイプ。お互い何がしたいのかはっきりしていて一致することが多く、一緒にいると楽しめる関係です。

④も男女のドーパミンが少ないという点でバランスがとれていますので、理想的な関係です。週末は家で映画を観たり、カフェで読書をしたりする時間を楽しみ、行きつけのレストランでの食事を好みます。旅行の場合は温泉に入ってゆっくりするような過ごし方を選びがちです。お互いがイ

ンドア派・のんびり型ですので、非常に相性が良好です。

ところが、②と③のケースはそのようなわけにはいきません。②の場合は男性のドーパミンが多く、女性が少ないので、夫婦関係であれば、夫は外で遊びたいのに妻は家で静かに読書をしていたいということになります。典型的なのは、夫の帰宅が遅く、妻が一人で家庭を守るような関係です。昭和以前の日本文化では、このようなカップルは、むしろ一般的だったかもしれません。この場合、夫が金銭的に浪費しやすく、妻に隠れて不倫しがちであるという問題も生じます。

最悪なのが③の関係です。夫が出不精《でぶしょう》で、妻がアウトドア派だと夫婦ゲンカの原因になりがちです。恋人関係でも、男性がインドア派で女子がアウトドア派ではデートが成立しません。男性が家で映画を観たい、女性がスキューバダイビングに行きたいとなるようでは、どちらか一方がいつも不満をかかえることになります。基本的に相性が悪いので、短期的に恋愛関係になったとしても長期的な結婚には不向きです。

繰り返しますが、ドーパミンは多いほうが良いとか、少ないほうが良いという問題ではありません。重要なのは、恋人同士のドーパミン量がだいたい同じくらいであること。均衡がとれていれば相性が良い、均衡がとれていなければ相性が悪いと言えるわけで、性格の相性を測る1つの目安となるものです。

わたしたちはこの2つのホルモンや脳内物質をもっており、人間の性格はこうした物質の多寡で規定されています。男女間で性格や相性がぴったり合うというのはそもそも不可能で、多少なりとも自分と相手の性格との間に差が生じるのは仕方のないこと。問題はその差なのですが、多少の差でも互いに許せる範囲で関係を良好に保っている男女はたくさんいます。長い時間をかけて、どこが妥協できてどこが譲れないかを確かめながら共存できる関係を築いてゆくのが夫婦関係というものなのです。

テストステロンとドーパミンから考える河合とナオミの相性

「テストステロン」と「ドーパミン」――この2つを踏まえ、河合とナオミの性格描写に気を配りながら『痴人の愛』を読むと、二人の相性の悪さがきれいに浮き彫りになります。

まずテストステロンでいうと、河合のそれは少なく、ナオミの方が多いのは明らかです。河合は「女道楽」をしませんし、「質素で、真面目《まじめ》で、あんまり曲がなさ過ぎるほど凡庸で、何の不平も不満もなく日々の仕事を勤めている」堅実タイプの理系男子。さらに職場では「君子」という評判があったくらいですから、チームワークという意味でも模範的な会社員でした。

ナオミを囲いたいという考えは大胆ですが、そもそもの発端《ほったん》は「この殺風景な生活に一点の色彩を添え、温かみを加えて見たい」という動機に根差しているので、あくまで内向的です。したがって、河合のテストステロンは少なく、男らしくはなくとも「優しい系」のマイホームパパになる男性だと言えます。

一方、ナオミは真逆の性格です。河合を支配したい欲求が強いことは前述の馬乗りの例で明らかであり、ほかの場面でも顕著です。たとえば「驚くほど強情で、始末に負えないたち」で、最後はいつも河合が「根負け」してしまうと描写されています。ナオミは「空威張りの負け惜しみ」でもあり、生来の負けず嫌い。兵隊将棋やトランプをしても「勝負事では自分の方がずっと強者だ」と思い込んでいる点や、勝つためなら手段を選ばない点でもテストステロンが多いことがわかります。さらにナオミは「意地ッ張り」で、「つまらないことでふいと喧嘩になっちまうと、もう取り返しがつきません」と、不倫相手の浜田も嘆くほどです。

したがって、前出の**図6—1**でいえば河合のテストステロン値は低く、ナオミは高いということなので、夫婦関係では③になることは必定です。ナオミが家庭で主導的な役割を果たし、河合はそれに従属します。何をする、どこに行く、お金をどう使うといった決定権はナオミにあり、河合はしぶしぶそれに従うという夫婦関係になってゆくのです。馬乗りのシーンではナオミが「これから何でも云うことを聴くか」と問えば、「うん、聴く」となるし、「あたしが要るだけ、いくらでもお金を出すか」では、「出す」であり、さらに「あたしに好きな事をさせるか、一々干渉なんかしないか」と問われれば、答えは「しない」となります。二人のテストステロンが、この主従関係に大いに影響していることの証左です。

次に、河合とナオミのドーパミンレベルですが、こちらも読めばすぐにわかります。河合の趣味は「私の娯楽と云ったら、夕方から活動写真を見に行くとか、銀座通りを散歩するとか、たまたま奮発して帝劇へ出かけるとか、せいぜいそんなものだった」とあります。また「突飛なことは嫌い」で、「呑気なシンプル・ライフ」を望んでいます。「田舎育ちの武骨者《ぶこつもの》」で、しかも「品行は方正」ですので、ドーパミンレベルは低く、完璧なインドア派です。

一方のナオミは、ドーパミンが際立って多い。交友関係が広く、人を自分の家に招き入れるのが好きなパリピ的傾向が多々見受けられることに加え、移り気です。習いごとも、音楽や英語からはじまり、そのうちダンスに興味が移っていますし、不倫においても、1つの関係に新鮮さを感じなくなってくるとすぐに別の男に向かっています。[*8]

それでは、ドーパミンが多いナオミがどうして河合に興味をもったのかという疑問がわくかと思います。しかし当時のナオミとしては、経済力のある河合が新しい世界に連れ出してくれることに興奮を覚えたでしょうし、ナオミの収入では不可能な体験をさせてくれるメリットも存在したのです。当然、1つの興味が薄れると次の刺激を求めたりはしましたが、同棲当初までは、それなりに楽しい日々だったはずです。

しかしその後の夫婦関係でいえば、ナオミがアウトドア派で河合がインドア派ですから、ナオミが外で遊ぶようになり、河合が自宅でナオミの帰りを待つ関係になるのは避けられない事態でした。

したがってドーパミンの観点からは、二人の関係は理想の夫婦から程遠いところに位置していると言うほかありません。しかし、河合はナオミの肉体に魅せられているので、ほかのすべてのものを犠牲にしても、関係を断つことはしませんでした。たしかに「稀有な夫婦関係」です。

このように、テストステロンとドーパミンの多寡の観点から性格の相性を紐解くと、河合とナオミの関係も把握できますし、わたしたちの人間関係にも応用することができます。サドかマゾかといった二元的な関係性よりもずっと奥行きのある分析が可能となります。

耽美主義の行きつく先

ドーパミンの見地から二人の相性が悪いとしたら、この夫婦関係はいつまで続くのでしょうか。将来を予測してみたいと思います。

そこで役に立つのが**「恋愛均衡説」**です。恋愛均衡説は、第3章の『友情』で、野島、杉子、大宮の三人の関係を知るために援用した考えでした。ここでのポイントは、恋愛関係においてはわたしたちに「魅力度（商品価値）」があり、恋人や夫婦におけるお互いの魅力度は、おおむね均衡しているという点でした。

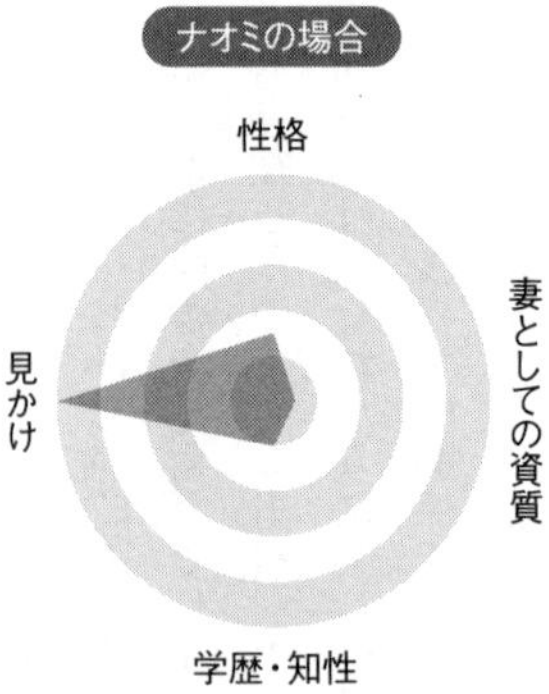

図6-3　河合とナオミの魅力度

河合にもナオミにも同じように魅力度というものがあります。魅力度を構成しているものに性格や学歴や見かけといったものがありますが、このような項目を立て、二人の魅力度をグラフにしてみたものが**図6—3**です。

河合の性格は普通（**10点満点中5点**）ですが、前述したとおり、外見上の魅力には乏しい（**2**

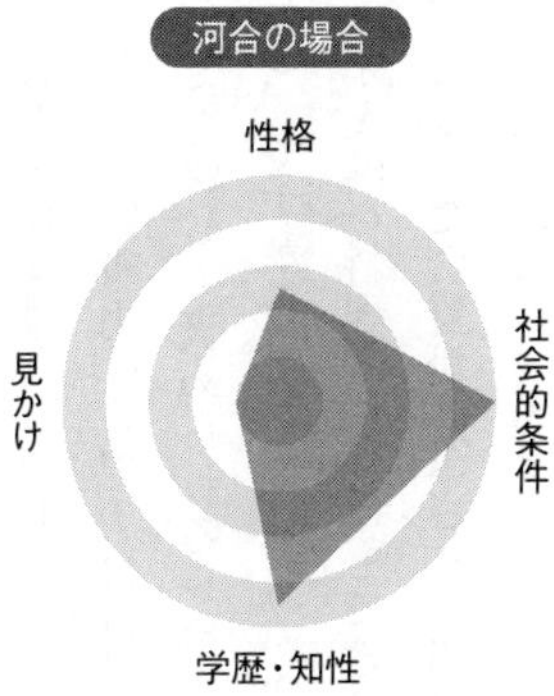

点）。しかしながら社会的条件はほぼ完璧です。学歴は高く（**9点**）、勤勉な理系の技師でした。遺産を相続した後は会社経営者になっていますので、社会的条件は文句なし（**10点**）です。見かけは悪くても、社会的条件に優れる、このような男性は結婚市場では引っ張りだことなります。

もう少しこの社会的条件の重要性を強調しておきます。わたしの「恋愛学入門」の講義で実施しているアンケート結果です。

Q．以下の二人の男性をイメージしたとき、結婚するならどちらの男性ですか？

①フリーターで、年収が１００万円のイケメン
②弁護士で、年収が２０００万円の非イケメン

①は見かけはたいへん良いが社会的条件は良くない男性で、②はその逆に見かけは劣るが社会的条件に優れる男性をイメージしています。

女性はどちらを選ぶと思いますか？　このアンケートでは、約65％の女子学生が、年収が多く社会的ステータスが高い後者を選んだのです。前者を選んだ学生は35％にすぎませんでした。結婚市場における女性の好みは明らかです。こと結婚に関しては、男性は外見で選ばれるのではなく、職業や年収といった社会的条件が整っていることが重要なのです。そう考えると、河合自身は（今のところ）自分の魅力に自覚はありませんが、実は結婚相手として非常に有望な男性でした。

一方のナオミはどうでしょうか。明らかに、見かけはすばらしい（10点満点中10点）。しかしながら、家事力や育児力はほぼないに等しく（1点）、好みの問題もありますが、性格についても決して褒められるレベルではありません（2点）。また学歴も教養もありません（2点）。ですから、見かけのみが突出した女性ということになります。

ナオミは、料理も片づけもできないといったように家庭内スキルがほとんどありませんので、こうした資質が要求された当時の結婚には不向きです。その代わり短期的な関係を結ぶ浮気市場ではもっともモテるタイプです。顔や体型といった見かけの部分と夜の営みといった点では非常に魅力的ですので、肉体的・性的な評価が優先される不倫関係では、理想的であるわけです。

作品中では、河合が異常とも言えるほどナオミの容姿や肉体に固執しているので、結婚生活が成り立っています。ところがです。残念ながら見かけというものは劣化してゆきます。若々しくいつもきれいでいたいというのは誰もが望むものですが、みな平等に年齢を重ねていくわけです。加齢にしたがって、しみ、小じわ、肌のたるみ、抜け毛が顕著になってきます。

河合は、美を追求する男性です。その美があるからこそナオミを愛していられるのです。しかし、年齢を重ねるにつれて唯一のよりどころである見かけが衰えてゆくのですから、将来的に河合の許容限度との均衡がとれなくなり、ナオミによる支配に我慢できなくなる日がきっとくるに違いありません。したがって、現在は「稀有な夫婦関係」を維持していますが、そのうちに河合がナオミを見放し離婚します。美を追求する河合だからこそ、関係性の破綻は不可避なのです。

社会的な条件に秀でている河合は、ナオミと離婚した後にすぐに再婚できるでしょう。そのときは、見かけも河合好みで、さらにほかの要素もナオミよりもはるかに優れる女性を選ぶに違いないのです。

『痴人の愛』は決して稀有な話ではない

以上、内分泌学的アプローチに基づいて『痴人の愛』における河合とナオミの夫婦関係を見てきましたが、最後に以下の2点を指摘しておきたいと思います。

第一に、ここで解説したテストステロンとドーパミンの特徴をぜひみなさんの私生活に応用して、素敵な恋愛や結婚生活を楽しんでもらいたいと願っています。性格の相性にはこの2つの化学物質が大いに関係していますので、見かけなり言動なりを詳細に調べれば、おおよその見当をつけることが可能です。

すべての男女関係は、テストステロンの4通り、ドーパミンの4通りの、4×4＝16通りのパターンのどれかに属することになります。このように分析すれば、相性が良いのか悪いのか、関係性について考察することができます。各々の相性を改めて知るいい手段になるわけです。

第二に、『痴人の愛』をマゾヒズム小説と規定してしまうと、わたしたちからかけ離れた創作という解釈になってしまいますが、内分泌学から分析すれば、河合とナオミの関係は一般的な夫婦の延長線上にあるものと理解できます。夫婦には誰にも言えないような、特異な関係があるものです。どの夫婦にも活字にしたら恥ずかしくなるような秘めごとが１つや２つはあるはず。この二人の関係と、それほど変わらないということです。たまたまナオミがテストステロンとドーパミンの量が多く、河合が少なかったから異常とも思える関係になっただけで、この２つの多寡に応じて、一般の夫婦にも似たような関係があるものなのです。その意味で『痴人の愛』は「稀有」というより、「身近」な作品なのです。

＊１　小谷野敦（２００６年）『谷崎潤一郎伝』中央公論新社、１４８頁を参照。

＊２　とくに以下を参考とした。
・野口武彦（１９７３年）『谷崎潤一郎論』中央公論社。
・橋本稔（１９７４年）『谷崎潤一郎　そのマゾヒズム』八木書店。
・野口武彦（１９７６年）『シンポジウム日本文学　谷崎潤一郎』学生社。

＊３　学者によっては「行動内分泌学」（Behavioral Endocrinology）とも呼ぶ。

＊４　テストステロンに関する研究は何百とあるが、その中で秀逸なのは以下である。

ジェイムズ・M・ダブスほか著、北村美都穂訳（２００１年）『テストステロン―愛と暴力のホルモン』青土社。

＊5　ダブスらによれば、テストステロンが多い職業は、プロのアメフト選手で、野球、サッカー、テニス等のプロ選手も同様である。俳優や女優も非常に高い。また失業中の人たちやホームレスの人たちはもっともテストステロンが高いこともわかっている。

＊6　同じくダブスらによれば、テストステロンの少ない職業は、農業従事者、銀行員、公務員、教員などである。

＊7　ヘレン・フィッシャー著、吉田利子訳（２００９年）『「運命の人」は脳内ホルモンで決まる！』講談社。

＊8　これを「浮気カラオケの法則」という。カラオケで一曲目を歌うと次からは敷居が下がりさらに歌いたくなるのと同じように、不倫も1回目のハードルを越えると、2回、3回と不倫を重ねるものだが、これもより強い刺激を求めるドーパミンの作用が影響を及ぼしている。

第７章

処女性と恋愛のゆくえ

川端康成
『伊豆の踊子』
新潮文庫

ここまで6つの小説を恋愛学の見地から考察してきたわけですが、そのどれもが夜空に舞う華麗な打ち上げ花火とも言うべき見事な作品ばかりでした。読みごたえがあり、圧倒される迫力がある。それだけに批評のしがいもありました。

ところが『伊豆の踊子』、こちらはまったく異なります。圧倒されません。迫力もありません。花火にたとえるならば、線香花火です。小さくまとまっていて、小説内に恋愛があるのかどうかさえはっきりしない、たいへんもどかしい作品です。したがって、もう一度読むことになります。すると、線香花火の美しさに気づかされ、読むたびに新しい発見もあって、とめどなく作品世界にのめり込まされる中毒性をもった小説です。

この小説は無駄を一切排除しており、さらに恐ろしいのは、必要な情報さえも排して、典型的な「説かず、描かず」の小説となっています。描写も説明もないので想像するしかないのですが、その解釈が正しいのかどうか、たいへん不安を覚えます。より深く理解するためには、川端康成の生い立ちや、作者自身による解説をあわせ読まなければならないという難解さももち合わせています。[*1] なにしろ川端自身が「『伊豆の踊子』には随所に省筆がある」と述べているくらいなのですから。[*2]

なお、この小説は川端自身の経験がつづられた「私小説」です。『伊豆の踊子』は、旧制一高（現在の東京大学教養学部）の寮生活を送っていた川端が、寮の友人には内緒で１９１８年（大正７年）秋に伊豆を旅した際の８日間のできごとが書かれています。その旅を『湯ヶ島での思ひ出』としてまとめたのが４年後の１９２２年（大正11年）。その中から「踊子」に関わる箇所だけを抽出したのがさらに４年後で、雑誌『文藝時代』に「伊豆の踊子」「続伊豆の踊子」として発表されました。

このような「私小説」ですから、読むにあたり、川端の性格から、あのぎょろっとした目つき、大きな耳や小柄な体型までをも思い浮かべる必要があります。映画の主演を務めた若き日の高橋英樹や三浦友和からはイメージがかけ離れていますので、念のため。

恋愛未満の恋愛が描かれた小説

この短編の主人公は「私」（＝川端康成、数えで20歳）です。当時は、旧制一高の学生です。「私」は学校を休んで修善寺から下田までの伊豆旅行に出かけます。「孤児根性」で自身の性格がゆがんでいると思い、その劣等感を払拭したいと願っての一人旅でした。「高等学校の制帽《せいぼう》をかぶり、紺飛白《こんがすり》の着物に袴《はかま》をはき、学生カバンを肩《かた》にかけていた」ので、誰でも一高の学生であると身なりでわかります。

修善寺温泉に一泊、湯河原温泉に二泊して、４日目に天城の坂道に至りましたが、そのときすでに「私」の胸は高鳴っていました。なぜなら旅の途中で知り合った「旅芸人」、とくに踊り子である「薫」に会えると思ったからです。当時、旅芸人は蔑まれる存在でしたが、「私」は興味をいだきました。このときまでに二度道中で見かけていて、「私」の願いどおりに三度目は雨宿りする峠の茶屋で出会います。

旅芸人の一座は、20代の男性（栄吉）、踊子の薫（栄吉の妹で、見た目には17歳くらい）のほか、若い女性二人（栄吉の妻の千代子と雇い人の百合子）と40代の女性（千代子の母親）の五人です。「私」は声をかけたかったのですが、勇気が出ずにやり過ごします。

ところが途中、旅芸人の栄吉の方から話しかけられます。話が弾む中、「私」が「下田まで一緒《いっしょ》に旅をしたいと思い切って言った」ところ、旅芸人一行も喜んで承知してくれました。会話の中で、彼らが大島の出身であること、栄吉の年齢が24歳であることなどを知ります。

その夜、一行はお座敷に出ますが、「私」は「踊子の今夜が汚れる（金銭を介した売春をする）のであろうか」と妄想し悩みます。なかなか寝つけません。

翌朝、「私」は栄吉と温泉に入りますが、川の向こう岸には別の共同湯があり、その湯気の中に薫の姿を見つけます。「仄暗《ほのぐら》い湯殿の奥《おく》から、突然裸《はだか》の女が走り出して来たかと思うと、脱衣場《だついじょう》の突鼻《とっぱな》に川岸へ飛び下りそうな恰好《かっこう》で立ち、両手を一ぱいに伸《のば》して何か叫んでいる。手拭もない真裸」でした。このことで、薫がまだ子どもかつ処女であることを悟り、「私」の疑念は晴れて「微笑《びしょう》がいつまでもとまらなかった」のでした。

翌日、湯ヶ野で落ち合う約束をしていたので、旅芸人の一行が泊まる宿に行きます。そこで、「私」は薫と五目並べをして遊びます。

旅芸人たちと時間を過ごす中で、「私」は一行に親しみをいだき、ゆがんだ心が癒されていきます。薫は「私」の足元にしゃがんで埃を払ってくれたり、玄関に先回りしていて下駄を揃えてくれたり、「私」のことを「いい人ね」と言ったりしてくれます。

翌日、「私」は下田に着くと、旅費が残り少なくなっていることから、学校の都合があるとして旅芸人たちと別れる決意をしました。その日、薫が映画に連れていってほしいと願ったのですが、一座のおかあさん的存在である「四十女」こと千代子の母が許してくれずに、「私」は一人で映画を観る羽目になります。宿に帰って夜の下田を眺めていると、「私」は「絶えず微かに太鼓の音が聞えて来るような気がし」て、「わけもなく涙《なみだ》がぽたぽた落ち」てくるのでした。

翌朝は出立の日。栄吉が見送りにきてくれました。ほかの一行はまだ寝ているとのことですが、乗船場に近づくと薫の姿が見えます。「海際にうずくまっている踊子の姿が私の胸に飛び込んだ。傍《そば》に行くまで彼女はじっとしていた。黙《だま》って頭を下げた。昨夜のままの化粧《けしょう》が私を一層感情的にした」のでした。

別れのときです。「私」は薫に話しかけますが、薫はうなずくばかりです。船が出ると、「ずっと遠ざかってから踊子が白いものを振り始め」ました。「私」は「頭が空っぽで時間というものを感じなかった。涙がぽろぽろカバンに流れ」るほどの寂しさを感じます。

その後、船の中で出会った受験生に親切にされるのですが、「私はどんなに親切にされても、それをたいへん自然に受け入れられるような美しい空虚《くうきょ》な気持」になっていました。

「説かず、描かず」の世界を読みとく

『伊豆の踊子』は、「説かず、描かず」の極致のような作品であるので、すべての語句が意味を成していて、無駄はまったく見あたりません。しかし、じっくり詳細に読まないと、作者の意図がわかりません。というより、しっかり読んだとしてもよくわかりません。そもそも前述したような補足資料がないと、十分に理解されないことを承知で書いているふしもあります。それほど、とくに事件も起きず、物語は淡々と静かに流れているのです。

まずは「私」の伊豆旅行の日程をしっかり把握するために、日にち、場所、大まかな出来事を図7―1として一覧表にしました。

日程	主なできごと
初日～3日目	●修善寺から下田へ行くことにする。 ●旅芸人一行を二度見かける。
4日目 天城峠→湯ヶ野	●旅芸人一行と峠の茶屋で三度目の出会い。 ●一緒に下田まで旅することになる。 ●一行は木賃宿に、「私」は別の宿に泊まる。 ●夜、踊子が体を売るのではないか心配になる。
5日目 湯ヶ野	●朝、栄吉と温泉につかる。 ●薫の裸を温泉で目にし、処女であると知る。 ●「私」の泊まる宿で五目並べをして昼過ぎまで遊ぶ。 ●夜通し紙屋と囲碁を打つ。
6日目 湯ヶ野	●朝、「私」は旅芸人一行が泊まる木賃宿へ行く。 ●お座敷があるため連泊する一行とともに「私」も湯が野に泊まる。 ●薫が14歳であると知る。 ●薫と五目並べをしたり、本の読み聞かせをしてあげる。
7日目 湯ヶ野→下田	●下田に向けて出発する。 ●薫と話しながら歩き、薫が「私」のことをいい人と言う。 ●下田に到着し、旅芸人一行は宿に。 ●夜、「私」は一人で映画を観にいく。
8日目 下田→東京	●下田から船で帰京する。 ●薫と乗船場で別れる。

図7-1　『伊豆の踊子』の日別の出来事

大まかな流れはこの図のとおりですが、基本的に説明をしない小説ですので、行間に隠された主題がいくつかあります。これからそのテーマを考察してゆきますが、このような「説かず、描かず」の世界で、わたしたち読者はどこまで解釈していいのでしょうか？　川端が自分の経験を描写した私小説なので、作家が経験したものを同じように感じることが「正解」なのでしょうか？　省略の多い『伊豆の踊子』ではなかなか難しいと言えます。いずれにしても旅先での薫との出会いが小説中の大きな出来事なので、まず、そもそも「私」がなぜ旅に出たかを考えなければなりません。

「私」はなぜ伊豆旅行をしたのか

作中では、育った環境のせいで「私」の性格が孤児根性でゆがんでいて、その劣等感を払《ふっ》拭《しょく》したいがために一人旅をしたと描かれています。本当でしょうか？

ここで問題となるのは「孤児根性」なのですが、これが何を指しているのかはっきりしません。たしかに、川端は1歳のときに父親を亡くし、翌年には母親も亡くなっています。その後は祖父母の家に預けられました。しかし、亡くなった父親は医師でしたし、祖父母の家は大地主で、施設に預けられたわけでも経済的に困窮していたわけでもありません。

小さい頃は病弱でしたが、勉強は非常にできたため、当時の中学校には首席で入学しています。なにしろその後も旧制一高→東京帝大と進学できたわけですから、一般的な感覚からすると恵まれた境遇でした。「孤児根性」の意味するところが、いまひとつわたしたちに理解できないのも当然なのです。

そもそも、この孤児根性なるものがあったとしても、長年川端の心中に存在していたわけで、20歳のときに突然生まれたものではないはずです。ですから、『伊豆の踊子』の中で孤児根性ゆえに川端＝「私」が伊豆旅行をしたというのは、本当の理由ではないようです。「なぜ20歳のときに突然旅に出たのか」の答えには到底なりえないからです。

実は、川端は「少年」という小説で当時の伊豆旅行について触れ、旅の動機を次のように書いています。

私は高等学校の寮生活が、一二年の間はひどく嫌だつた。中学五年の時の寄宿舎と勝手が違つたからである。そして、私の幼年時代が残した精神の病患ばかりが気になつて、自分を憐れむ念と自分を厭ふ念とに堪へられなかつた。それで伊豆へ行つた。

（川端康成「少年」）

つまり、本当のところは、一高の寮の居心地の悪さが一人旅に出てみようと思いたった理由のようなのです。どのように「勝手が違つた」のかはわかりません。友人関係が希薄だったのか、「大阪平野の田舎しか知らない」川端が東京に来て馴染めなかったのか、上級生にいじめられたのか、さらには遠距離恋愛中の恋人に会えないつらさがあったのか……とにかく一時的にでも寮から離れたい一心だったわけで、それは距離をとれば解決する問題でもありました。反面、孤児根性は旅をしたところで、簡単に解決するものでもないはずです[*3]。

小谷野敦が指摘するように、若い頃の川端は自分より目下の人を「蔑むような調子」があり、非常にプライドが高い一面があったようです[*4]。おそらく寮では、その誇りを傷つけられる何かしらの事件があったのでしょう。一方で小説中には、随所に「私」が元気を取り戻す姿が描かれていますので、喪失した自信を回復するために旅に出た、というふうに解釈するのが正しいだろうと考えます[*5]。

わたしたちも同じような経験をしますよね。普段は、ある程度自尊心が高くても、なんらかの事件によって自己評価が下がる場合があります。たとえば、恋愛においては失恋ですし、仕事においては失業、あるいは私生活においては大病をするといったことで自信を喪失させられます。このような大きな事件が生じると急激に自分への評価が下がり、気分転換が必要になるのです。

川端の場合、誇り高い性格でもあるので、普段だったら旅芸人に興味をいだかなかったことでしょう。なにしろ、作中にも「物《もの》乞《ご》い旅芸人村に入るべからず」という立て札があったくらいで、旅芸人は人から忌避され、蔑《べっ》視《し》される存在だったのですから。そんな旅芸人に興味をもったということは、自分の心が弱っていて、精神的な目線が低くなり、一行に共感する感情がわいてきたからです。このような自信喪失期であったからこそ、旅芸人たちと一時的な疑似的な家族をつくって仲良くなり、その過程で薫に対する恋愛感情を芽生えさせていった側面は決して否定できません。[*6]

「私」は薫に恋愛感情をいだいたのか

「私」は薫を好きだったのかという問いへの答えは、「はい」でしょう。ただし、小説内では薫への感情は二段階に分かれています。共同湯で真っ裸になって手を振る姿を見て、「私」は薫が子どもであること、処女であることを知りますが、そのシーンの前後で、薫への感情が劇的に変わります。

それまでは薫のことを女性として好きでした。しかし、入浴シーンの後は好きという感情がだんだんと薄れてきます。小説中の表現に従えば、「いとおしさ」あるいは「感傷」に変換されていきます[*7]。

まず前半の薫への感情を分析します。たしかに、当初「私」は薫に対して恋愛感情をもっていました。峠の茶屋で三度目に出くわすのですが、この茶屋で会えるのではないかと期待に胸を躍らせていますので、最初の2回ですでに薫を気に入っていたということになります。

好きになった理由は2つ考えられます。1つは、薫の踊りに心惹かれた点です。二度目の機会では、「踊子が玄関《げんかん》の板敷《いたじき》で踊るのを、私は梯子《はしご》段の中途に腰を下して一心に見ていた」とあるので、そのときの踊りや太鼓をたたく姿に魅了されたのでしょう。

第二に「踊子」の見かけです。天城の峠の茶屋で出会うこの場面で、薫の見た目は次のように描写されています。

> 踊子は十七くらいに見えた。私には分らない古風の不思議な形に大きく髪《かみ》を結《ゆ》っていた。それが卵形の凛々《りり》しい顔を非常に小さく見せながらも、美しく調和していた。髪を豊かに誇張《こちょう》して描いた、稗史《はいし》（中国の歴史小説）的な娘《むすめ》の絵姿のような感じだった。（『伊豆の踊子』、9頁）

つまり、現代風に言えば、薫は盛りヘアをし、小顔で、引き締まったバランスの整った顔立ちであり、二次元的なアイドルっぽい女性に見えたということです。つまり外見がたいへん魅力的で目立つ存在だったわけです。

それにしても、好きになるのが早いと思いませんか？　ほぼ一目惚れ状態です。そこで参考になるのが、川端の美意識です。川端は前出の「少年」において、次のように書いています。

> 肉體《にくたい》の美、肉體の美、容貌の美、容貌の美、私はどれほど美にあこがれてゐることだろう。私のからだはやはり青白く力がない。
>
> （同「少年」）

このように、川端には自身の外見へのコンプレックスがありました。その裏返しとして、肉体を含めた見かけの美しさに憧れをもっていたことになります。薫の躍動感ある肉体美と「凜々しい」容姿に魅せられた結果、言葉を交わすこともなく好きになってしまったのです。

ところが小説の後半でその感情は一転します。まず薫が処女だということを知ります。一時「17歳の処女」であると思っていましたが、やがて年齢は17歳ではなく14歳であるとわかります。この瞬間、「私」の意識では薫は子どもとなり、中性化し、恋愛対象から外れてしまったのです。その代わり生じてきたのが「いとおしさ」であり、「感傷」でした。小説内では「無垢なるものへのいとおしみへと浄化」したと書かれています。

これ以降、「私」は薫に対して精神的に距離をおき始めます。ときめきをともなう恋愛感情が遠のき、薫とは、五目並べで遊び、水《み》戸《と》黄門《こうもん》漫遊《まんゆう》記《き》を読み聞かせるといった兄妹を思わせる関係に変化し[*8]、二人の間の知性や教養の差が歴然としてきます。物理的に接近する場面はありますが、心理的に距離が縮まる描写ではなく、愛らしい子ども的なしぐさが淡々と書かれているにすぎません。恋愛ではなく、一人の無垢な女の子と接するという感じになるのです。

それを象徴しているのは、薫が「私」と「活動」（映画）に行きたいと言っても、「四十女」が許さなかった場面です。「私」は次のように述懐します。

なぜ（薫が）一人で（私と映画に行って）はいけないのか、私は実に不思議だった。

（『伊豆の踊子』、41頁）

もし薫を恋愛対象として見ていたら、このような「実に不思議」なんていう言葉は出てきません。子どもにせがまれて一緒に行くお兄さん的な存在になっていたからこそ不思議に思うのであって、恋愛対象だったら「一緒に行けなくて残念だった」になるはずだからです。

薫は「私」のことが好きだったのか

それでは逆に、薫は「私」のことをどう思っていたのでしょうか。

こちらは確実に恋心をいだいていたことがうかがえます。まず「私」の社会的ステータスに興味がわいたはずです。なにしろ当時の一高生です。現在の東大生をはるかにしのぐエリート中のエリートです。「私」は、学生帽に学生カバンというひと目で一高生とわかる見かけであり、旅芸人一座も、みな一高生が超エリートであることを理解している記述があります。薫もまた「私」に興味をもったことは確実でしょう。

加えて「私」には教養があり、難しい漢字を知っていて、尊敬できる存在でもあります。しかも大島といった田舎ではなく大都会の東京に住んでいます。さらに一緒に旅をしたいと言うほど旅芸人たちに親近感をもつ「私」に、薫も心を許したことがわかります。

湯ヶ野の木賃宿での出来事で、薫が好意をもっていることをうかがわせる描写があります。

薫が「私」のためにお茶を運んできたときに「私の前に坐ると、(踊子が) 真紅《まっか》になりながら手をぶるぶる顫わせるので茶碗《ちゃわん》が茶托《ちゃたく》から落ちかかり、落すまいと畳《たたみ》に置く拍子《ひょうし》に茶をこぼしてしまった。余りにひどいはにかみようなので、私はあっけにとられた」とあり、その場にいた「四十女」が「まあ！ 厭《いや》らしい。この子は色気づいたんだよ。あれあれ……」と言っていますので、この時点で「私」に対して淡い想いをいだいていたことがわかります。

ところが、薫はまだ14歳です。当時の「数え」で14歳ですから、満年齢でいったら13歳、中学一年生か二年生になります。変声期の途中というくらいの若さです。性的な魅力を「私」に感じたのではありません。精神的な淡い恋心といったようなものです。

しかも薫は大正時代における13歳の処女です。初潮は始まっていたでしょうが、性教育を受けたわけでもありませんし、理解していたとも思えません。デートの経験もなく、ましてやキスの経験もありません。まったくのプラトニックとしか表現できないような、ごく初期の感情だったということです。

薫ができる精一杯の求愛行動は、「私」へのこまやかな気配りで想いを間接的に伝えることです。「私」に座布団を裏返して出したり、袴の裾についた埃をはらったり、竹杖を二度も探して渡したりなどして、それとなく気持ちを伝えました。言葉で恋愛感情を伝えるには、どうにも経験不足だったのです。

好きという気持ちを直接的な恋愛行動に変換できないものですから、乗船場での別れのシーンで「私」から話しかけられても、うなずくだけで何も言えません。声に出して、「大好き」だとか「別れるのが寂しい、また会いたい」などと言うこともできません。ただうつむくだけでした。片想いを成就できないいじらしい少女として描かれているのです。

川端の「異性愛」へのめざめ

ここでぜひ知っておかなければならないのは、作者である川端の性的指向です。実は当時の川端は同性愛者でした。これは川端自身が自作の中で告白しています。[*9]

この事実を前提に『伊豆の踊子』を読むと、劇的に解釈が異なってきます。たとえば最後の場面では、船の中で少年（受験生）と知り合って、彼の「学生マントの中にもぐり込んで、「少年の体温に温ま」るという描写があります。季節はまだ11月、場所は温暖な伊豆にもかかわらずです。異性愛者では通常考えにくい行動です。

実際に川端が愛した相手は小笠原義人という1歳年下の男性でした。旧制中学の寮の先輩後輩の間柄で、川端は小笠原との関係を「初恋」だとしています。川端が東京に移って一高に入学すると遠距離恋愛になり、手紙のやりとりで交際関係を維持していました。川端が伊豆へ旅行したときも文通していました。伊豆旅行の数ヵ月前には、川端は大阪に戻って小笠原の部屋に泊まっています[*10]。

　このような観点から再度『伊豆の踊子』を読むと、新しい解釈が見えてきます。薫への恋心の意味するところは、異性にも恋することができたバイセクシャルである自分の発見だったのです。川端にとってはコペルニクス的大転回です。伊豆で踊子を見かけて胸が高鳴った瞬間こそが１つの大きな事件であり、川端にとって重要な転機であったと読みとくことが可能になるのです。

　すると、薫の見かけのイメージも修正しなければならなくなります。「私」は薫を「凜々しい」と表現していますが、これは中性的な美しさということになりますし、体型も女性らしいふくよかさというより、ダンサーにしばしば見られる引き締まった筋肉による健康美のイメージに転換しなければならないのです。もしかすると、薫の外見に小笠原の面影が映ったのかもしれません。

　川端は伊豆旅行が終わった後は本格的に異性愛にめざめたようで、友だちとともにナンパに出かけるようになりましたし、「ちよ」という女性を好きにもなりました。さらには、彼女と婚約までしています。[*11]

というわけで、薫との出会いが、「私」＝川端の恋愛行動の大きな分岐点だったという意味において、『伊豆の踊子』は川端文学の重要な作品であるという解釈も成り立つのです。

川端は「処女」を賛美しているのか？

三島由紀夫は、川端文学は「処女の主題」をもっていると評しました。[*12]

『伊豆の踊子』ばかりでなく、『眠れる美女』『篝《かがり》火《び》』等でも処女の女性を好んで描いているので、川端の作品では**「処女性」**が重要なテーマの1つであり、賛美していることは明らかです。

ただし、性的な対象としての処女に価値をおいての描写ではなく、肉体関係を経験しないことによって宿る「純粋無垢」といった感覚的な要素をもつ存在として、良しとしています。『伊豆の踊子』でも、薫が処女であると知った（思い込んだ）ことで、性的な興味を失い、好意を純粋無垢な存在へのいとおしさに変換していきます。

そもそも処女であるかどうかは、医学的な見地では立証するのが極めて難しいもので、本人の自己申告か、処女特有の行動によって推測するかのどちらかです。川端の場合は、薫の行動によって処女であると確信した[13]わけですが、こうした処女への賛美が正しい姿勢なのかどうかはわかりませんし、ここではその是非は問わないことにします。

ただし、英国のジャーナリストであるクリフォード・ビショップが『性と聖』で指摘するように、歴史的には処女性の喪失は「自己の根本的な変化」であり、また「処女や童貞は汚れを知らず、いまだ可能性に満ち、とりわけ少女の場合には純粋無垢で完全な存在」とされてきました[14]。現代のわたしたちの感覚でいえばかなり時代遅れの感がありますが、川端はこの立場をとっており、当時としてはこれは一般的な考え方だったのです。

処女性について「進化生物学」から考察する

なお、処女性へのこだわりは、大正期の日本だけに限りません。時間軸、地域に関わりなく、普遍的にこうした考えは広く世界で見受けられました。たとえば、古代メソポタミアの文献にも「花嫁は処女に限る」という記述が見られます[15]。また歴史家のハンナ・ブランクは、女性が結婚前に処女を喪失することによって「数千年間、非難されたり、攻撃されたり、嘲られたり、排斥されたり、結婚を禁じられたり、縁を切られたり」してきた歴史があると指摘しています[16]。したがって、男性が結婚前に処女を求めるのは、文化特有のものというよりも、わたしたちの遺伝子に根差した欲求と解釈できます。

せっかくですから、この**「処女性」**について恋愛学の知見にもとづいて徹底的に考えてみたいと思います。長く処女や童貞のままでいる方が増えている最近の傾向からもぜひ押さえておきたい知識です。

まず、なぜ男性は女性の処女にこだわるように遺伝子にプログラムされたのか、という疑問です。これは**進化生物学**の観点から説明できます。

わたしたちの遺伝子は長い間の進化によって形成されてきました。百年千年という単位ではありません。数万年という単位です。最後の氷河期が終わったのは今から約1万2000年前ですが、当時と現在のわたしたちとで、遺伝子はほとんど変わっていません。狩猟採集時代に最適になるようにつくられた遺伝子を現在でも引きずっているのが現代のわたしたちなのです。したがって、男性が女性に処女性を求める欲求は、このはるか昔に形成されて以来、現在に受け継がれてきたものだということです。

ここで重要なのは、男性は女性の卵子に結合させる精子を提供し、女性のほうは妊娠して出産するという身体的な違いがある点です。女性は生まれてきた赤ん坊が自分の子どもであるという確証が100％あります。（病院でとり違いが生じない限り）絶対に間違えようがありません。

ところが、男性は出産をしないので、自分の子どもであるという確証がないのです。現在では医学が発達し、遺伝子検査によって生まれた赤ん坊が本当に自分の子どもかどうかを知ることは可能ですが、狩猟採集時代では不可能です。せいぜい顔が似ているとか、ほくろの位置が同じといったような傍証だけで、１００％保証されるものではありません。西洋ではこれを称して「Mama’s Baby, Papa’s Maybe.」と呼んでいます。言い得て妙ですよね。

したがって、男性は女性が貞淑で、自分の子どもを産んでくれることを強く求めます。これが処女性が求められてきた根源的な理由です。女性が浮気性であると、排卵期に別の男性と肉体関係をもち、自分の遺伝子とはまったく関係のない子どもを妊娠して出産する可能性があり、最悪の場合、男性には遺伝子をまったく共有しない子どもをそうとは知らずに育ててしまうリスクが生じます。自分が狩猟によって獲得した貴重な食料を投資して育てるわけですから、もし自分の遺伝子とは関係のない子どもだったら、その損失は計り知れません。

そうした事態を回避する指標として「処女性」を女性に求めてきた歴史があり、ホモ・サピエンスが進化する過程で淘《とう》汰《た》圧《あつ》がかかり、次第にその選好が遺伝子に組み込まれていったということです。

恋愛経験の少ない女性は、結婚後に浮気をしない？

次に処女性と浮気の問題です。先述の「処女性」とは、結婚前にほかの男性と肉体的な関係のない女性の方が、結婚後に不倫する確率が低いという前提条件に立ったものです。それは本当なのでしょうか？

この点を確かめるために、二変量解析を実施してみました。二変量解析とは、２つの変数に相関関係があるかを確認する比較的簡単な分析方法です。２０１３年に公開された相模ゴム工業の「ニッポンのセックス」調査による、都道府県別の恋愛や浮気率に関するデータをもとに、「処女」を表す変数として、「初体験年齢」と「性経験人数」の２つを用います。

その結果、以下の2点がわかりました。１つは、性経験人数と浮気率には正の相関関係があること。結婚前に肉体関係をもつ人数が多ければ多いほど、結婚後に浮気をする可能性は高くなります。もう1つは、初体験と性経験人数にも相関関係が認められるということ。言い換えると、初体験が早ければ早いほど、肉体関係をもつ人数は多くなるのです。

もう1つは、性経験人数と浮気率には正の相関関係があると確認できました。結婚前に肉体関係をもつ人数が多ければ多いほど、結婚後に浮気をする可能性が高いということです。

以上を総合すると、

初体験の年齢が早い↓肉体関係をもつ人数が増える↓結婚後に浮気する

という図式になります。初体験の年齢は直接的には浮気に関係していませんが、過去の性経験人数を考えれば、間接的に影響しているということになります。結論として、処女だからといって結婚後に不倫を絶対にしないというわけではありませんが、確率的にいえば不倫する確率は低いと言えるでしょう。

ですから、往々にして非処女の女性が処女と偽る場合も散見されるところです。NHKが行なった全国調査によれば、10代後半の女性に19%、20代の女性の6%が、自分は処女であるとうそをついたことがあると回答しています[*17]。

とはいえ、結婚後の男性の浮気率に比べたら、圧倒的に女性の浮気率が低いことは、『斜陽』を論じた際に述べたとおりです。繰り返すと、現在進行中の男性の不倫は26・9%であるのに対して妻の不倫は16・3%であり、大きな開きがあります。

現代では女性に処女性を求めなくなった?

川端の時代（大正時代とそれ以前）では結婚前に処女であることに優位性があり、男女ともに肉体関係がないことを求めていましたが、現在ではその割合は減少しています。

図7―2をご覧ください。ＮＨＫが１９７３～２０１３年に実施した「日本人の意識 40

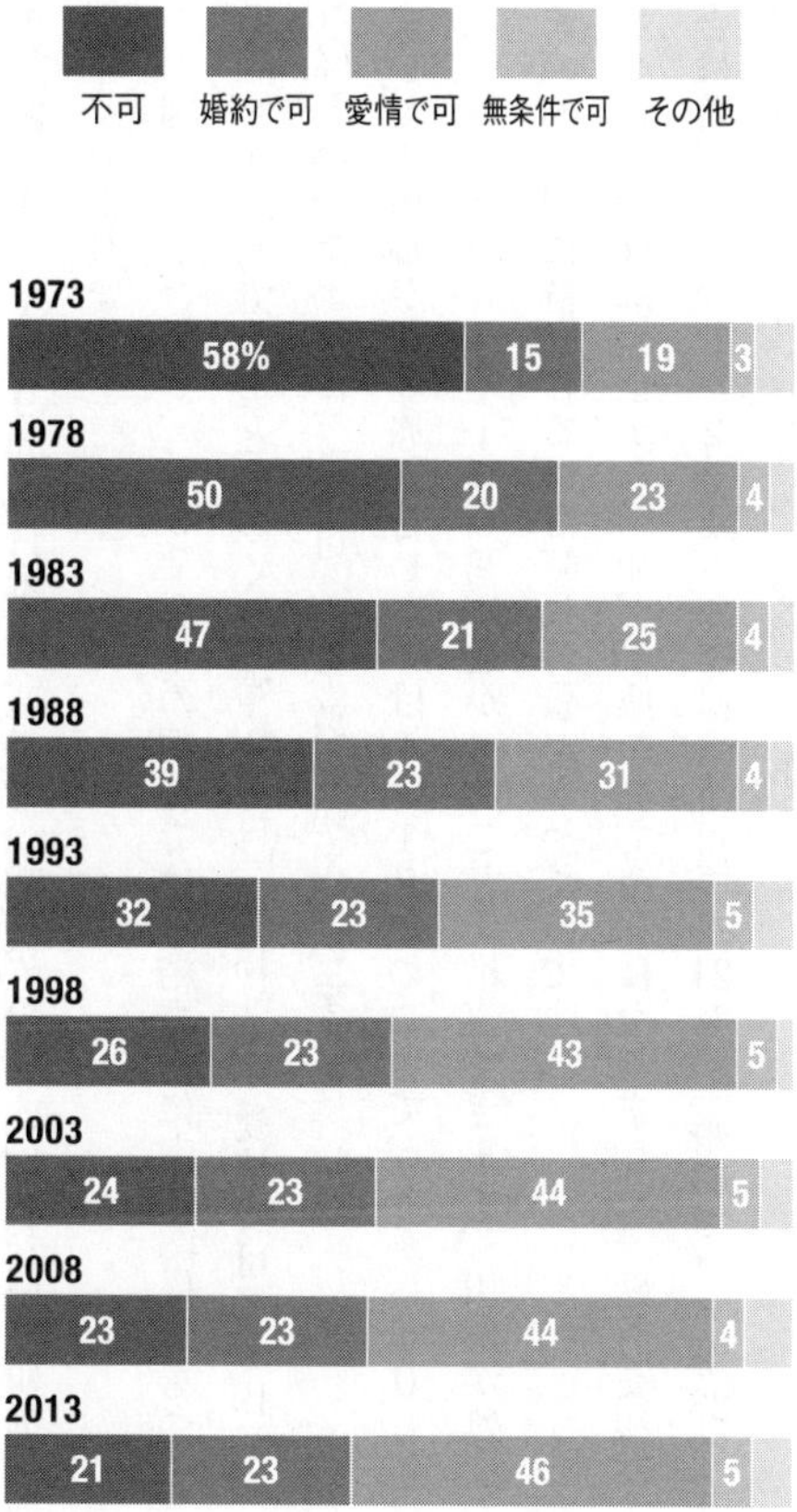

図7-2　婚前交渉の意識に関する調査

年の軌跡（1）～第9回『日本人の意識』調査から～」によれば、婚前交渉への意識の変化がよくわかります。

この図が示すとおり、1973年の調査では、結婚前に肉体関係をもつことは「不可」とする回答が58％でもっとも多く、「婚約で可」が15％、「愛情で可」が19％、「無条件で可」が3％といったように、「不可」が半数を超えていました。

ましてや川端が伊豆旅行をしたのは1918年のことで、今から100年以上前です。この「不可」は限りなく100％に近かったことが推察できます。川端が処女を賛美し、読者もその価値観に賛同していた時代背景があったのです。

しかし、時代は大正から昭和、平成を経て令和になりました。婚前交渉は「不可」とする割合は着実に減少し、2013年では「不可」が21％、「婚約で可」が23％、「愛情で可」が46％、「無条件で可」が5％になっています。

このように、結婚前の処女性へのこだわりは大幅に減少しました。性の解放と自由恋愛の普及、また結婚前に処女の女性が少なくなっていること。あるいは医学の発達により、生まれてくる子どもが男性の遺伝子を共有しているかは、検査をすれば容易に確認できるようになってきたことなどが、減少傾向の理由として考えられます。

性体験の有無は純粋無垢さを担保しない

最後に、今日的な観点から川端の「思い違い」を指摘したいと思います。その思い違いとは、川端が処女＝純粋無垢と短絡的に考えていた点です。

「純粋無垢」とは、性経験ばかりでなく、そのほかの人生経験にも影響されていくものだと思うのです。教育を受けて知性や教養を高めたり、仕事をしたり、人生で挫折を味わったり、またその挫折を乗り越えたりといった経験を積むことで徐々に純粋さがなくなり、世俗の垢《あか》にまみれてゆくのが人生というものです。わたしたちが生きていくことは、人を傷つけ傷つけられの連続です。このような人生の辛苦の中で、純粋無垢さを失うのはある意味で当然であり、それを成熟と呼ぶはずなのです。

しかし川端は、純粋無垢さを性体験に収斂《しゅうれん》させています。処女＝純粋無垢という等号を成立させているのです。しかし、実際はそう簡単なものではありません。たとえば、18歳の性経験がある女性（25・5％）と、39歳の性経験がまったくない女性（29・0％）と、どちらが純粋無垢と言えるのでしょうか。川端の考えでは後者になりますが、現実にはそう一概に言えません。すべては人生経験の多寡、心のもちようで違ってきます。14歳の薫はたまたま「純粋無垢」な処女だっただけで、同じような条件の14歳の処女がそうでない場合もあるし、その逆に14歳でも処女でもない女子が純粋無垢である場合もあるはずです。したがって、純粋無垢の根拠を性経験の有無だけに求めるのは間違いだとわたしは思うのです。

以上のように、様々な角度から『伊豆の踊子』を検討してみました。ぜひ、再度この小説をお読みいただければと思います。本書を読んだ後は、まったく別の読み方、まったく違う世界が待っているはずです。

＊1　川端康成（１９９１年）「『伊豆の踊子』の作者」『一草一花』所収、講談社文芸文庫。同「少年」（１９８０年）『川端康成全集　第10巻』所収、新潮社。

＊2　前出「『伊豆の踊子』の作者」、３０８頁。

＊3　小谷野敦は以下のように推理している。

「十月の末といえば、二年生が始まって二か月弱である。これは、いわゆる「五月病」ともいうべき神経衰弱——神経症が襲ったからだと思う。川端を、突然の当てもない一人旅に飛び出させたのは、寮生活の閉塞感と、将来への不安であったろう。あるいは性の衝動か。」（96頁）詳しくは小谷野敦（２０１３年）『川端康成伝　双面の人』中央公論新社。

＊4　前出、84頁。

＊5　自信を回復するできごとは多々描写されているが、その中で主なものは以下である。

・一高の制服を着ているだけで、大人が敬語で接してくれた。
・峠の茶屋では、50銭銀貨一枚だけで、涙を流さんばかりに大喜びされた。
・男というだけで、優先的に湧き水を飲ませてもらえた。
・純粋無垢な薫から「いい人ね」「ほんとにいい人ね。いい人はいいね」と言われた。

このように承認欲求が満たされたことで、川端は「私自身にも自分をいい人だと素直に感じることが出来た」と思うに至る。

＊6　「疑似家族共同体」という解釈は、藤尾健剛（２０１５年）『川端康成　無常と美』翰林書房による。

＊7　川端のエッセー『少年』では、薫に対する気持ちを「感傷」という言葉を使って表現している。恋心ではない。他方、薫の川端への気持ちは「恋心」であったと述懐している。

＊8　川端が述懐するに、このときの本にはすべての漢字にルビがふってあったとのことである。薫が十分な教育を受けていなかったことをうかがわせる。

＊9　そもそも、『伊豆の踊子』は『湯ヶ島の思ひ出』という作品の一部だった。『湯ヶ島の思ひ出』は現存していない

が、この作品には登場人物が二人いて、一人が清野こと小笠原義人であり、もう一人が薫だった。枚数としては、小笠原の記述の方が多かった。その後、薫との部分を切り離され『伊豆の踊子』として世に出た。

*10 詳しくは、林武志（１９７６年）『川端康成研究』桜楓社。

*11 ただし初代から突然婚約破談を伝えられて川端は非常にショックを受けたという逸話もある。

*12 三島由紀夫（２００３年）「『伊豆の踊子』『温泉宿』『抒情歌』『禽獣』について」『決定版　三島由紀夫全集　27巻』所収、新潮社。

*13 なお、処女はどのように確かめられるかについての議論はアンケ・ベルナウ著、夏目幸子訳（２００８年）『処女の文化史』新潮選書に詳しい。一言で言えば「医学的見地から見て、女性が処女かどうか確信をもって断言することは極めて難しい」のである。

*14 クリフォード・ビショップ著、田中雅志訳（２０００年）『性と聖　―性の精神文化史―』河出書房新社。

*15 詳しくは、青木英夫（１９８７年）『西洋結婚文化史』源流社。

*16 ハンナ・ブランク著、堤理華・竹迫仁子訳（２０１１年）『ヴァージン　処女の文化史』作品社、21頁より。

*17 ＮＨＫ「日本人の性」プロジェクト編（２００２年）『データブック　ＮＨＫ日本人の性行動・性意識』ＮＨＫ出版。

第8章

三島由紀夫が「初恋」について書いたこと、書かなかったこと

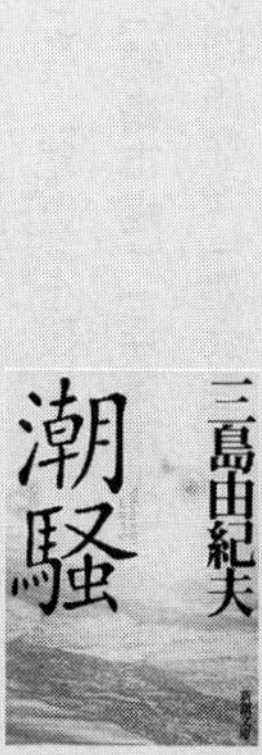

三島由紀夫
『潮騒』
新潮文庫

これまで恋愛学の知見を総動員して文豪たちの小説を分析してきましたが、前章までの7つの作品は、少なくとも恋愛学で「割り切る」ことができました。経済学を援用した**「機会コストの損失」**や**「恋愛均衡説」**といった考え、**「恋愛市場」「結婚市場」「浮気市場」**の市場原理に基づく分析、進化生物学から考える**「五感と恋愛」**の関係性や**「処女性」**の歴史的経緯、ホルモンや脳内神経物質を分析する**「社会内分泌学」**……。これらの観点で、深く、新しい切り口で小説を読むことが可能になったかと思います。

ところが、今回の『潮騒』は割り切れないのです。恋愛に関する知識を活用したところで、説明がつかない描写ばかりなのです。三島由紀夫は恋愛描写が下手、と一言で片づけてしまえば簡単です。しかし三島は『金閣寺』や『豊饒の海』といったすばらしい文学作品を書いた作家。とりわけ『金閣寺』は日本文学の最高傑作の1つと言っていいと思いますし、三島がこの小説で見せた心理描写は20世紀随一のものです。それが、なぜ『潮騒』では一見拙劣《せつれつ》とも思われる恋愛描写をしたのでしょうか？

これがわたしの『潮騒』に対する最初の感想であり、出発点でした。

というわけで今回は、なぜ恋愛学で割り切れないのかを順を追って解説し、『潮騒』とはどういう小説なのかをわたしなりに考察していきます。

孤島を舞台にした二人の若者の純愛物語

主人公は18歳の久保新治と宮田初江の二人です。初江の年齢は明らかにされていません。舞台は人口１４００人の、世俗から隔離された小島である「歌島」です。新治は漁師で、母と弟の三人で細々と暮らしています。

漁作業を終えて休息中の初江を目にとめたのが最初の出会いでした。「健康な肌いろはほかの女たちと変らないが、目もとが涼しく、眉《まゆ》は静か」な初江は、地元では見覚えのない女性であり、新治は興味をもちます。

初江の父親は宮田照吉という、歌島丸と春風丸と名づけられた2隻の漁船のオーナーであり、「村でも屈指の金持」です。照吉は長男を病気で亡くして寂しさを覚え、養子に出していた初江を呼び戻したのでした。新治は初めて出会ったときから初江に心を奪われます。神社にお祈りをしたときも「いつかわたくしのような者にも、気立てのよい、美しい花嫁が授かりますように！……たとえば宮田照吉のところへかえって来た娘のような……」と願ったくらいです。

新治が二度目に初江に会ったのは、初江が道を誤って観的哨《かんてきしょう》（太平洋戦争中に海軍が築いた監視場所で、廃墟）に迷い込んだときでした。しかし村中のうわさになるといけないので、新治は偶然会ったことは黙っておいてくれと初江にお願いします。

新治はますます初江のことが気にかかり、青年会の支部長・川本安夫（19歳）が初江の入り婿になるといううわさを聞いて、心中穏やかではありません。安夫は村の有力者の子弟で、青年会を仕切るリーダーシップを備えている男でした。

そんな中、新治は給料袋を道に落としてしまいます。それを拾ってくれたのが初江でした。これが三度目の出会いです。新治は安夫が入り婿になるうわさは本当なのかたずねますが、「大うそ」であると初江は大笑いして答えます。「おお、苦し。あんまり笑《わろ》うて、ここんところが苦しなった」と初江が胸をおさえて言うので、新治は大丈夫かと思わず乳房に手をやりました。二人の顔が近くなり、「ひびわれた乾いた唇が触れ合っ」てキスをしました。

翌日、今度は初江の方が、灯台長の娘である千代子が新治のことが好きであるとのうわさを耳にして心配になります。[*1] 新治は何もないと答え、二人は次の休漁の日に秘密のデートをする約束して別れました。

時化《しけ》で休漁となった日、新治は待ち合わせ場所で焚火《たきび》をして初江が来るのを待っていましたが、待ちくたびれてうたたねをしてしまいました。到着した初江はずぶ濡れの衣服を火で乾かそうと思い、下着以外全部脱ぎ捨てます。

そのときに新治が起きてしまいました。初江と新治は炎を隔てて向かい合い、お互い裸になります。しかし、初江は「今はいかん。私《わし》、あんたの嫁さんになることに決めたもの。嫁さんになるまで、どうしてもいかんなア」と宣言します。二人は長くキスをしますが、肉体関係にはなりませんでした。

しかし、嵐の中を家に帰る途中、石段を下りる新治と初江の姿を目撃した者がいました。ちょうど東京から帰省していた、灯台長の娘である千代子です。千代子は二人が肉体関係になったと安夫に告げ口したため、村中に知られてしまいます。

うわさは初江の父親である宮田照吉の知るところとなります。照吉は二人の関係に反対し、会わせないことにしたため、その後のやりとりは手紙のみとなってしまいます。

春になり、海女が漁をする季節、彼女たちはふざけてお互いの乳房の見せ合いっこをしていました。そのとき初江の乳房も人目にさらされますが、「それ（初江の乳房）は決して男を知った乳房ではなく、まだやっと綻《ほころ》びかけたばかりで、それが一たん花をひらいたらどんなに美しかろうと思われる胸」でした。海女たちはこれで千代子と安夫によるうわさがうそであると確信します。

ある日、新治は、歌島丸の船長から恋敵の安夫とともに甲板見習いとして乗船するように言われます。1ヵ月半の漁の途中、台風に巻き込まれ、船が押し流されてしまう危機に陥ります。誰かが命懸けで船にロープをつなぐ必要がありました。新治は「俺がやります」と名乗り出るや海に飛び込み、見事に船を救います。

一方、うそのうわさを広めた罪悪感をもつ千代子は、母親に手紙を書き、新治と初江が幸せにならなければ自分は夏休みに帰省しないと訴えます。その意を汲んで千代子の母親は海女たちとともに宮田照吉のもとを訪れます。新治と初江の話をしようとすると、照吉は「その話ならもう決っとるがな。新治は初江の婿になる男や」と言います。歌島丸に安夫と新治を乗せたのは、実はどちらが見どころのある男なのかを試すためでした。照吉は続けます。「男は気力」だと。新治は「気力」をもっている男であると。二人は婚約し、成人したら正式に式を挙げることを誓って物語は終わります。

ギリシャ旅行と「ダフニスとクロエ」

『潮騒』は三島由紀夫の長編小説で、１９５４年に出版されました。翌年、第１回新潮社文学賞を受賞した作品であり、その後5回も映画化されています。

１９５１年12月から１９５２年５月に世界旅行をした三島は、訪問先の１つであったギリシャに魅せられ、古代ギリシャの「ダフニスとクロエ」を下敷きにした小説を書きたいと構想します。そこで書き下ろされたのがこの『潮騒』です。三島は１９２５年生まれですから、まだ感受性の強い26歳前後のときに世界を旅したことになります。

日本語訳（『ダフニスとクロエー』ロンゴス著、呉茂一訳／角川文庫）を読んでみると、時代と場所は違っても、たしかに同じ純愛物語であること、恋に目覚める過程の描写などが踏襲されていることがわかります。ダフニス（山羊飼いの少年）が新治で、クロエ（羊飼いの少女）が初江に対比できますが、艱難辛苦《かんなんしんく》をのりこえて結ばれる、ハッピーエンドである点も共通しています。

本題に入る前にもう１つ逸話を。三島は小説の舞台として古代ギリシャのイメージに合う島を探していましたが、どうやら水産庁に候補地の推薦を依頼したようです。そこでリストアップされたのが金華山沖の孤島と、伊勢湾の神島でした。三島は、気候が温暖なことに加え、パチンコ店や自動車はおろか自転車さえなかった素朴さが気に入り、神島を選んだとのことです。三島は神島に二度ほど訪問し、島の人々と交流する中で「人情は素朴で強情で、なかなかプライドが強くて、都会を軽蔑してゐるところが気に入つた」と述懐しています。

なお、「潮騒」とは「海の潮が満ちるときにできる波の音」です。このタイトルからは海をめぐる若い男女をイメージできます。また主人公の名前に「新」「初」をつけるくらいですから、三島としてはよほど初々しい純愛にこだわったということなのでしょう。

恋愛学で割り切れない描写とは何か？

さて、このような『潮騒』ですが、読後感がどうもしっくりきません。冒頭に書いたように、恋愛学の見地からどのような解説をしようかと読んでみても、新治と初江の恋愛に関しては不自然な描写ばかりで腑に落ちないのです。自分の知識の欠如かと思い、再度詳細に読んでみたのですが、徐々にわたしの問題というより、三島の描写の問題であると思うようになりました。大作家である三島由紀夫を批評するわけですから慎重に読み込みましたが、何度読んでも『潮騒』の粗《あら》が見えてしまうのです。

そこで、今回は『潮騒』の恋愛描写をぶった斬ってしまおうと考えました。自信をもって批評します。恋愛学者として『潮騒』の描写に納得がいかない点は主に5つあります。ひとつひとつ見ていきましょう。

①新治が初江を好きになった理由が不明

第一に、新治は初江に恋愛感情をいだきますが、初江のどこが気に入ったのかがはっきりしません。通常は、見かけがよいとか、優しい性格がよいとか、社会的な条件がよいとか、なんらかの理由がないと好きになりません。一目惚れのように短時間で好きになる場合もありますが、その場合でも、作者はどこが気に入ったのか描写し、読者に納得させてくれるものです。そうでないと小説の登場人物に感情移入できませんから。

ところが、新治の初江に対する恋心の描写がほとんどありません。極端に言えば「歌島で見かけない女子に出会った→突然好きになった」ということでしかないのです。

初江との最初の出会いは以下のとおりです。

> 額は汗ばみ、頬は燃えていた。（中略）髪をなびかせてたのしんでいるようにみえた。（中略）健康な肌いろはほかの女たちと変らないが、目もとが涼しく、眉《まゆ》は静かである。（中略）ただ、海に一人で見入っているその様子が、島の快活な女たちとはちがっている。
>
> （『潮騒』、9頁）

初江の見かけに関する記述はこれだけです。たったこれだけで、新治は初江に恋をしてしまうのです。これで読者はどうやって納得できるでしょうか。

一目惚れで恋することがないわけではありません。しかし、一目惚れと言いつつもそこには五感の入口である**「視覚」**があるわけです。視覚的な魅力について詳しい描写があって初めて、読者としては新治の恋愛感情に共感できるわけです。

初江の髪が長いことはわかります。目もとが涼しく、眉が整っていて、物腰も柔らかいこともわかります。ただし、そのような女性はこの世にたくさんいます。新治がなぜそのような女性を好むのか、この描写だけでは理解できません。初江の年齢も不詳ですから、どのような若さを思い浮かべてよいのかもわかりません。

それでは、そもそも歌島には恋愛対象になる女性が存在していなかったのでしょうか？恋愛できる女性が皆無だったら初江に恋するのも理解できますが、いくら人口1400人の小さい島とはいえ、恋愛の選択肢として考えられる女性はほかにもいたはずです。

フェルミ推定して、この歌島には同年代の恋人候補の女性が何人いたかという点を明確にします。

この小説が書かれた1954年当時の人口動態から計算します。1400人のうち半数が男性ですから、女性はだいたい７００人になります。そのうち、新治が年齢的に興味をもつ女子を15～19歳の５歳だとすると、当時の日本の人口の９・43％がこの範疇に入ります。その比率を当てはめると島にはだいたい67人くらいの女子が居住していたことになります。新治は「見覚えのない顔はない」と言っていますし、モデルとなった神島には小学校と中学校は１つずつしかありませんので、この67人の女子のことは、小、中学校を通じて知っていたはずです。そこに68人目の女子として初江が現れたということです。候補の選択肢は少なくありません。しかしそうであるからこそ、恋する相手が初江でなければならなかった確固たる理由がほしいところです。

もう１つ不自然な描写があります。新治が八代神社にお参りした際のことですが、先述のとおり「いつかわたくしのような者にも、気立てのよい、美しい花嫁が授かりますように！……たとえば宮田照吉のところへかえって来た娘のような」とあります。

第一印象から、このお参りでは初江の印象が「気立てがよい」「美しい」に変換されています。最初の描写からはこうした印象は読みとれませんので、唐突に感じます。新治が、いつ、なぜ、どのように「目もとが涼しく、眉は静か」から「気立てのよさ」に印象を変換させていったかの描写が、この小説には見当たらないのです。

②非現実的すぎる新治の初恋描写

続いて不思議なのは、新治の初恋の心理です。最初に会ったときにすぐに初江に対して初恋の兆候が表れるのですが、三島は以下のように書きます。

> その晩、寝つきのよい新治が、床に入ってからいつまでも目がさえているという妙な事態が起った。一度も病気をしたことがない若者は、これが病気というものではないかと怖《おそ》れた。
>
> （同、14〜15頁）

たいへんメルヘンチックな心理描写です。メルヘンチックにすぎる、と言ってもいいでしょう。新治は18歳で、小学生でも中学生でもありません。三島は、恋愛をまったく知らない、人生で初めて恋にめぐり合った純粋な若者の描写をしているつもりなのでしょうが、当時としてもやや非現実的です。

「都会の少年はまず小説や映画から恋愛の作法を学ぶが、歌島にはおよそ模倣の対象がなかった」とも書いていますが、三島の勘違いは、恋愛の作法を学ぶものだと考えた点です。恋愛の手順（目で見て、話しかけて、相手の体臭を嗅いで、手をつないで、キスをして、その後に性行為をするというプロセス）はわたしたちの遺伝子の中に組み込まれているので、文章や映像で学ぶ必要はありません。それが証拠に新治と初江は三度目の逢瀬《おうせ》でキスをしています。好きになったらキスをするとは誰かに教えられる行為ではありません。小説や映画に触れていなくても、好きになったら自然にしたくなる恋愛行動です。一方では自然にキスをするのに、他方では初恋を理解できないものとしているのは、作品中で矛盾していると思うのです。

また、男性の場合、恋愛は多分に性的です。男性読者ならば理解していただけると思いますが、男子の性の目覚めとは初めて射精をしたときです。これを専門用語で「精通」と言いますが、男子の精通は個人差があり、だいたい11歳くらいから15歳までの間です。通常は自慰行為によって精通しますが、夢精（睡眠中に精子が出る）の場合もあります。いずれにしても、精通とともに性的に目覚めるのが男性の肉体的構造なわけです。

ですから、三島が18歳男性の**「初恋の兆候」**として描いた場面は、男性の肉体的な構造からして現実的ではありません。眠れない原因に初江の存在があったことは自明なわけですから、その理由としての初江の描写がないのは不自然です。たとえば「初江を想って自慰行為をした」なら男性心理として自然ですが、「いつまでも目がさえている」だけではなんとも理解しがたい話です。いったい目がさめて何を考えていたのでしょうか。

③初江が新治を好きになった理由も不明

第三の疑問として、新治がなぜ初江を好きになったのかが不明なのと同様に、初江がなぜ新治を好きになったのかもよくわかりません。

恋愛は視覚から入りますので、まずは新治の見かけについて三島がどのように描写しているか知っておきましょう。

> まだ十八である。背丈は高く、体つきも立派で、顔立ちの稚《おさ》なさだけがその年齢に適《かな》っている。これ以上日焼けしようのない肌と、この島の人たちの特色をなす形のよい鼻と、ひびわれた唇を持っている。黒目がちな目はよく澄んでいたが、それは海を職場とする者の海からの賜物《たまもの》で、決して知的な澄み方ではなかった。彼の学校における成績はひどくわるかったのである。
>
> （同、8頁）

肉体的な美しさに秀でた若者であることがわかります。高身長で、筋肉質で、色黒で、鼻筋が通っていることもわかります。野性的なたくましさを感じさせる描写です。

ただし、知性には優れません。中学校もやっと出られたくらいで、成績もひどいものでした。「すこしも物を考えない少年」であり、「想像力が欠けて」もいました。さらに「無口」でもあります。

社会的な条件もよくありません。彼自身が船を所有しているわけではなく、他人の船に雇われて働く身で、非常に少ない年収が推察されます。農水省の統計によれば、現在の漁業従事者の平均年収は３５０万円程度ですから、それをかなり下回ることでしょう。漁船を所有する宮田家の初江とは社会的条件の面でバランスがとれないのです。

初江が二度目に新治に出会うのは、観的哨で道に迷ったときです。その際に何か特別なことがあったわけではありませんが、新治は「自分とここで出会ったこと」を他言しないでくれと頼み、初江は「言わない」と約束したので、二人の間に「秘密の共有」ができたことになります。「秘密の共有」には、精神的な距離を縮める効果がありますので、初江に新治を意識させる、つまり恋愛感情を醸成させるきっかけになったことは間違いありません。

次に新治と会話をするのは、新治が給料袋を落としてしまい、それを初江が偶然拾って届けるタイミングです。そのとき、新治は初江と川本安夫が結婚するといううわさを確かめますが、初江は大笑いして否定します。胸を押さえながら笑い転げる初江に対し、新治は「無事《だいじょう》か（大丈夫か）」と初江の胸に手を当てるのです。

問題はこの場面です。初江は、たった3回会っただけの同世代の男性に急に胸を触られても拒否をしません。拒否しないどころか、「押えててもろたら、少し楽や」といって新治からの接触を受け入れているのです。さらに、二人は顔を近づけてキスをします。

ちょっと待った、と言いたくなります。初江は3回会ったにすぎない新治に胸を触らせ、続けてキスまでしてしまうのです。

いったい、初江にそうまでさせたものは何なのでしょうか？　作中の描写では「秘密の共有」以外に理由は見つかりませんでした。第4章で**「五感と恋愛」**について述べましたが、恋愛は視覚的な審査を経て、聴覚、嗅覚、触覚に続き、キスに関わる味覚に移行します。ところが、初江と新治のこの恋愛には段階がなく、いきなり乳房を触らせ、いきなりキスに至るのです。**「浮気市場」**ならば恋愛が進展する速さに納得がいきますが、**「恋愛市場」**の観点からは、手順を踏んでいない分、不自然の感が否めません。

三島は、初江が処女であり新治も童貞であるからと言いたいのでしょうか。どんなに恋愛経験に乏しくても、恋愛の手順というのはそれなりに理解しているものです。誰に教えられなくても、人間であるならば、ホモサピエンスが誕生したとされる約20万年前からずっと自然に行なってきたことなのです。

のちの描写に新治が「あんなことがどうしてできたかふしぎである」と苦悩する場面がありますが、小説中で「ふしぎ」などと開き直られては、わたしたち読者はたまったものではありません。不思議を言葉で表現するのが小説というものなのですから。

④初江の行動が性的に大胆すぎる

『潮騒』の中では、初江の年齢が特定されていません。16歳くらいであろうか、と推測する学者もいます。[*2] 大学生の千代子を恋の敵役《かたきやく》として登場させていますので、おそらく16〜18歳くらいでしょう。先述のとおり、男性経験がなく、処女であるという設定です。

第四に問題なのは、こんな女性が性的にたいへん大胆なのです。『潮騒』の中でももっとも有名な場面は、雨の日の観的哨で二人が落ち合うくだりでしょうが、繰り返しますと、待ち合わせ場所に先に到着した新治は居眠りしてしまい、後からやって来た初江は、ずぶ濡れの衣服を焚火で乾かします（好きな女性とのデート前に居眠りしてしまうというのも現実的ではありません）。やがて新治は眠りから覚め、下着姿の初江を見つめます。初江は「目をあいちゃいかんぜ！」と言いますが、新治は目を閉じません。初江は後ずさりして、二人は炎をへだて向かい合います。この場面は次のような会話が交わされます。（地の文は省略し、《》は引用者による補足）

《新治》「なんだって逃げるんじゃ」
《初江》「だって、恥かしいもの」
《新治》「どうしたら、恥かしくなくなるのやろ」
《初江》「汝《んの》も裸になれ、そしたら恥かしくなくなるだろ」
《新治》（ふんどしだけになった後に）「もう恥かしくないやろ」
《初江》「ううん」
《新治》「なぜや」
《初江》「まんだ汝《んの》は裸になっとらんもの」
《新治》「汝《んの》がそれをとったら、俺もとる」

（同、77〜78頁）

このような会話ののち、二人は全裸になります。性体験がまったくない男女に、このような大胆な言動が成立するものでしょうか？

常識では考えられません。どこが不自然かといえば、初江の大胆さです。新治の方は理解できます。性的な関係をもちたいと願うことは男性の性行動としては当然だからです。ところが初江は過去に肉体関係を一度ももったことがない少女なのです。通常は、性経験がないなら、保守的に行動するのがわたしたちに組み込まれた遺伝子の行動規範です。しかし三島は初江に逆の行動をとらせているのです。あたかも性経験のない女性でも、情熱にかられて性的に大胆なことをする場合もあるのだと言いたいかのように。

初江は下着姿になるだけでは満足しません。新治にも脱げと言い、お互いに全裸になります。ここからも不自然さはさらに続きます。新治が「初江！」と叫んで初江の方に近寄ろうとすると、その前に初江は「その火を飛び越して来い。その火を飛び越してきたら」と言うのです。恥ずかしそうに無言で立ちつくしていたならわかります。この場面で、どうしてそんな危険な行為を新治を求めなければならないのか。せっかく二人が裸になって、肉体関係を結ぼうというときに、です。

この描写を「浄化する火をくぐらせる」清めの儀式だったと解釈する文芸評論もあるようですが、非現実的な行為であることに変わりはありません[*3]。小説は現実との整合性がなければ、おとぎ話で終わってしまいます。

　不自然な描写はさらに続きます。結婚前に肉体関係にはなりたくないという初江に対し、新治は実直にそれを受け入れます。当時の恋愛事情としては納得のいくことではあります（図7—3参照）が、そのかわりに二人は長い間キスをするのです。ここで三島は次のように書きます。

> 永い接吻《せっぷん》は、充たされない若者を苦しめたが、ある瞬間から、この苦痛がふしぎな幸福感に転化したのである。（同、80〜81頁）

キスが幸福感に転換し、それだけで満足するでしょうか。通常はありえません。長い間キスをしたら、新治の性器は勃起《ぼっき》して、次のステップである性行為を望むものです。キスとは性行為への準備の確認作業です。幸福感に包まれることもあるでしょうが、それ以上に性欲が勝ってしまうのが男性の肉体的な構造になっているものなのです。

　このシーンにおける三島の描写は、通常ではありえないことだらけです。

⑤どうやって初江が処女と判断できたのか

第五は、初江が処女であるとどうやって判別したかです。三島は初江が処女であることを強調しています。一度目は、観的哨において二人が全裸になるシーンです。

> 新治が女をたくさん知っている若者だったら、嵐にかこまれた廃墟のなかで、焚火の炎のむこうに立っている初江の裸が、まぎれもない処女の体だということを見抜いたであろう。決して色白とはいえない肌は、潮《うしお》にたえず洗われて滑らかに引締り、お互いにはにかんでいるかのように心もち顔を背《そむ》け合った一双の固い小さな乳房は、永い潜水にも耐える広やかな胸の上に、薔薇《ばら》いろの一双の蕾をもちあげていた。
>
> （同、75〜76頁）

以上のように「処女」の体型を描いています。さらに、先ほども引用した海女の間で乳房を見せ合うシーンがあります。そこでは海女たちが初江の乳房を検分します。

> 初江の乳房を見ると、彼女と新治に関する悪い噂《うわさ》が時と共に消えたのが肯《うなず》かれる。この乳房を見た女はもう疑うことができない。それは決して男を知った乳房ではなく、まだやっと綻《ほころ》

びかけたばかりで、それが一たん花をひらいたらどんなに美しかろうと思われる胸なのである。

（同、１４３頁）


処女への礼賛は『伊豆の踊子』でも見られました。その際にも述べましたが、処女かどうかは視覚で判断できるものではありません。「男を知った乳房」であるかを見た目で識別できるというのは、明らかに三島（および川端）の誤解であり、幻想です。

乳房の形が変化するとして、それは歳を重ねるにともなってのこと。加齢とともに、乳房にハリがなくなり、垂れてきて、乳首の色が変わることはありうるでしょう。しかし、肉体関係を一度や二度経験したくらいで、突然外見からわかるほど極端に形が変わることなどないのです。

『潮騒』の恋愛描写について仮説を立ててみる

それでは、なぜ三島は恋愛のプロセスを極端に省略したり、メルヘンチックな恋愛描写をしたりしたのでしょうか？

真っ先に考えが及ぶのは、三島には同性愛者の一面があり、女性の恋愛感情に対してそれほど理解が及ばなかったという点です。たとえば奥野健男《おくのたけお》は、三島は「ギリシャ的な美少年に感じる官能を、美少女の肉体（初江）に翻訳して表現した」から、「薄ぺらな人工美しか感じさせない」「新治と初江の愛も性も何かきれいごとで実感がない」と書いています。[*4]

しかしわたしはこの立場はとりません。新治については三島が理想としたであろう男性の肉体美を描いていますが、初江のそれはあくまでも女性の描写として成立しています。それ自体になんら違和感はありません。違和感は、描写が少ないところにあるのです。

わたしが疑問に思った５つの不自然さは、もっと別のところに答えが存在すると考えたほうがよさそうです。そこで、以下に２つの仮説を提示したいと思います。

①ジュニア小説としての『潮騒』

まず１つめの視点は、『潮騒』がまだ恋愛経験のない子ども向けに書かれた小説ではないかということです。詩人の嶋岡晨《しまおかしん》の言葉を借りれば、「三島由紀夫唯一の〈ジュニア小説〉」という見方です。[*5]

作品中、新治の初恋描写や性的な表現は控えめであり、二人の恋愛表現はキスまでに留まっています。結婚前に性行為をさせない点や、裸の場面はあってもエロスのにおいは一切しない点も、ジュニア向けに書かれたとする根拠です。

嶋岡は、文壇における師である川端の『伊豆の踊子』の成功が、三島の『潮騒』を書く動機だったと解釈しています。「川端の作品のなかで、いつまでもひろく若い層に読みつがれ、唯一の、大衆にむかえられた純文学作品が『伊豆の踊子』である。この清潔でほとんど夢のような、美しい哀傷にひたされた青春の記（中略）の文学的成功は、三島にとって…羨望の的であったのではないか」と述べているのです。

たしかに『伊豆の踊子』にも共通する主題が描かれています。『伊豆の踊子』の「私」は20歳で踊子は14歳。一方の新治は18歳で、初江は年齢が明かされていないものの20歳は超えていないはず。年齢的に近く、両者ともに純愛をテーマにしていて、エロスを不自然なまでに描かず、主人公の男女の肉体関係はありません。女性の処女を賛美しているところも共通しています。

そもそも三島にとって川端とは、新人作家として自分を発掘してくれた存在です。年齢は26歳差ですが、三島が自決した後の弔辞で川端が「年少の無二の師友」と述べたことはよく知られています。[*6] 三島が『伊豆の踊子』を意識し、同じような成功を願ったとしても不思議はありません。

したがって、川端の『伊豆の踊子』に類似した作品としての『潮騒』を、まだ恋愛経験がほとんどない子どもに向けて書き上げたという解釈も成立すると思うのです。

②『潮騒』は映像化のための脚本である

2つめは、『潮騒』はたしかに恋愛小説ですが、どちらかと言えば恋愛をテーマとする「脚本」だとする考えです。もっと具体的には、映画あるいはテレビドラマの脚本ということです。映像にするための設計図と思ってこの小説を読み返してみると、様々な疑問がとたんにしっくりと理解できます。

その根拠となるのは、『潮騒』全体が三島の解説調になっている点です。第7章で『伊豆の踊子』を「説かず、描かず」の極致の小説と述べましたが、その対極にあるのがこの『潮騒』です。三島は、新治なり初江なりの登場人物を読者に説明しながら物語を進行させています。しかも随所に三島自身の感想をはさみつつ、という形をもってしてです。

この点は冒頭を読み直すと明らかです。2行目には、「歌島に眺めのもっとも美しい場所が二つある」（傍点は引用者）とあります。作者自ら「もっとも美しい」と規定してしまっているのです。本来、小説とは、美しいか美しくないかは読者が決めるもので、読者が読んだ結果、「歌島には美しい場所が二つある」と思わせるのが本来の描写のあるべき姿です。ところが、『潮騒』では最初から最後まで、三島がすべてのストーリーを、ときに三島の世界観や倫理観を押しつけるように書いてしまっているのです。

このような主観的な解説はいたるところに見られます。たとえば、「(新治は)まだ十八である」「(安夫は)まだ十九歳だ」「決して退屈しているとは見えず」「その老いの裸はさすがに見事である」「薄い眉は小狡さうである」(すべて傍点は引用者)といった具合です。このような解説仕立ては、純文学のジャンルには入りません。むしろ脚本であり、台本と言うべきものでしょう。

脚本には主に場所や時間を示す「柱」、登場人物の行動や心理を書き込む「ト書き」、役者が発声する「セリフ」の3つがありますが、この『潮騒』も同じように成り立っていると解釈できます。ただし小説形式のため、「柱」と「ト書き」がやたら長いという特徴がありますが、これは映像にする場合には必要となるものだからです。

こうしたことを念頭に入れて解釈すると、なぜ新治と初江の見かけの描写について少ないかは、映画なりのヴィジュアルで表現すれば、あえて描写をしなくても観ている方は理解できるからだと納得できます。俳優や女優を起用すれば、言葉をもって外見を描く必要はまったくありません。観客のほうは俳優なり女優を見て「男らしい」「かわいい」などと見かけの判断をすることができるからです。

なぜ新治と初江が恋する心理のプロセスを描かなかったのか?――こちらも合点がいきます。映画は通常90〜１２０分くらいで収まるものですが、その短い尺の中でいちいち恋愛の手順を描写すると脚本が長くなってしまうからです。それよりも全体の流れである「ストーリー」を重視して描写する方が、脚本として理にかなっています。

この仮説を裏づける傍証としては、実際に『潮騒』の出版から間もないタイミングで映画化されているという事実が挙げられます。[*7] 最初に映画化されたのは１９５４年11月20日封切のもので、小説が出版されたのは同年6月10日のことですから、出版後わずか5ヵ月後です。通常、映画の制作には1年くらいの期間がかかるものでしょうから、当然、出版前に映画化の話が並行して進んでいたということになります。もしかすると、映画化を念頭において小説にも手が加わったと邪推もできるくらいの公開の早さです。

事実、三島の述懐として監督たちと「シナリオを徹底的に検討した」とありますので、小説と映画の同時進行の時期があったことは間違いありません。[*8] 三島自身はこの映画の出来栄えをたいへん気に入っていて、実際にロケ現場を訪れたりもしました。[*9] また映画を最初に観た際には「シナリオが徹底的に理詰めにできてゐるのが、あの映画の成功の一因であると思つた」と自画自賛していますから、この映画化が『潮騒』の執筆動機の1つであったことが推測できます[*10]。

∴

恋愛学の知見では現実の恋愛との整合性がとれない『潮騒』でしたが、以上の前提に立つならば、三島としては、『潮騒』の興行的な成功は満足のいくものであったでしょう。現在までに5回も映画化され、テレビドラマにもアニメにもなりました[*11]。大衆の喝采《かっさい》を浴びることができたのです。また前述のとおり新潮社文学賞を受賞し、国境を超えて翻訳された日本の文学作品となりました。わたしとしては『潮騒』を書くにあたっての三島本来の目的は達成されたと考えるのですが、いかがでしょうか。

＊1　余談であるが、千代子の人となりについて三島自身がコメントしている。「小説の彼女は自分で自分を醜いと思

つてゐるが、しかし丁寧に読めば、むしろ彼女はそんな自意識にもかかはらず、美しい少女にちがひない、と読者が想像するやうに書いてあるつもりである」としている。出典は「『潮騒』ロケ随行記」（２００３年）『決定版　三島由紀夫全集　28巻』所収、新潮社、３８１頁。

＊２　小川和佑（１９８５年）『三島由紀夫　反「日本浪曼派」論』林道舎、１０９頁。

＊３　小川和佑、同前、１１２頁。

＊４　奥野健男（１９９３年）『三島由紀夫伝説』新潮社。

＊５　嶋岡晨（１９７０年）「『潮騒』　三島文学の素顔」より。長谷川泉・森安理文・遠藤祐・小川和佑編『三島由紀夫研究』所収、右文書院。

＊６　松本徹（２０１６年）『三島由紀夫の時代　～芸術家11人との交錯～』水声社。

＊７　三島は『潮騒』をさらに歌劇にもしたい意向があったと見えて、「歌劇台本　潮騒」が残されている。詳しくは（２００２年）『決定版　三島由紀夫全集　25巻』新潮社、７８０～７８２頁。

＊８　「私の原作映画」（２００３年）『決定版　三島由紀夫全集　29巻』所収、新潮社、３０２～３０３頁。

＊９　「『潮騒』ロケ随行記」（２００３年）『決定版　三島由紀夫全集　28巻』所収、新潮社、３７７～３８３頁。

＊10　監督は谷口千吉。配給は東宝。

＊11　１９６４年日活配給の映画『潮騒』についても三島は満足している。曰く「日活から『潮騒』の映画化の話があ

つたとき、女主人公の初江が吉永小百合だといふので、これ以上私のイメージにぴつたりした初江はないと思ひ、大いに喜んだ。主人公の少年の新治が愛する初恋の少女は、どうしてもかういふ少女でなくてはならない。」出典は「美しい女性はどこにゐる　―吉永小百合と『潮騒』より―」（２００３年）『決定版　三島由紀夫全集　33巻』所収、新潮社、83〜86頁。

参考文献

「『潮騒』のこと」（２００３年）『決定版　三島由紀夫全集　29巻』所収、新潮社。
「『潮騒』執筆のころ」（２００３年）『決定版　三島由紀夫全集　33巻』所収、新潮社。

第９章

「幸せな結婚」を科学的に考える

堀辰雄
『風立ちぬ・美しい村』
新潮文庫

先述のとおり、わたしは「恋愛学」「結婚学」というジャンルを構築し、科学的な知見をもとに分析することを仕事にしています。本書はここまで「恋愛学」あるいは「不倫学」から考えてきましたが、この章は視点を変えて考察します。

それは、この『風立ちぬ』がここまで解説してきたどの作品とも似ていない、特異な恋愛小説だからです。何が特異かというと、恋愛というよりも**「結婚」**に重きをおいた内容だからです。

この作品で問われているのは、夫婦間における**「愛」**と**「幸福」**です。読者のみなさんが結婚されているならば、この2つがどれだけもろく貴重なものかご理解いただけると思いますが、そんな愛や幸福を考える今回のよりどころは、**「結婚学」**になります。

結婚学とは、結婚にまつわるメカニズムを解明する学問です。結婚市場とはどのようなしくみで成り立っているのか、結婚生活とはどういうものであるか、離婚とはどのような経緯で至ってしまうのか、幸福な結婚を維持するために何をしなければならないのか等々を研究します。

この『風立ちぬ』は、夫婦のあり方や夫婦の幸せを描いたものの中では随一の傑作と言ってよい小説です。相手を愛するとはどういうことなのか、幸せな結婚生活のためにはどうしたらいいのかについて、有益な知見にあふれています。これから結婚する人や、現在の結婚生活に悩んでいる人にとくに推薦したい作品です。

ただし、難解な箇所が散見されます。多分に詩的であり、５Ｗ１Ｈ、つまりWho（誰が）、When（いつ）、Where（どこで）、What（何を）、Why（なぜ）、How（どのように）が明確にされていないので、しっかり読まないと理解できない作品になっています。

必要な情報を随時補足しながら「あらすじ」をまとめましたので、まずは小説の全体の流れを把握していただけたらと思います。

堀辰雄自身が投影された小説

『風立ちぬ』は、「序曲」「春」「風立ちぬ」「冬」「死のかげの谷」の5章構成です。「序曲」は、秋近くのある日のできごとから始まります。主人公は「私」と「節子」の二人。「私」は小説家であり、堀辰雄本人と目されます。つまり「私小説」を思わせる作品ということになります[*1]。

二人は、夏の軽井沢で偶然に出会った仲です。この日、「私」は絵を描いている節子と白樺の木陰で語り合っていると、どこからともなく風が吹いてきます。「私」はふと、20世紀のフランスの詩人・小説家であるポール・ヴァレリーの詩の一節「風立ちぬ、いざ生きめやも」が口をついて出てきます。

2、3日後、節子は迎えにきた父親と帰京しました。「私」は自分の仕事の見通しがついたら、節子と結婚することを約束します。

第2章「春」は1年半後の3月。「私」は節子と父が住む家を訪れます。「私」と節子はすでに婚約していますが、節子は結核の治療としてF（富士見高原）のサナトリウム（結核専用の療養所）に転地療養に行くことになります。「私」が療養先の院長の知り合いということもあり、節子に付き添ってサナトリウムで生活する方がよかろうということになりました。

節子の病気は一進一退でした。しかし、「私」と婚約したことで生きる気力と希望が湧いてきた節子は、「私達、これから本当に生きられるだけ生きましょうね」と静かに決意します。4月下旬、実家を離れて節子と「私」はサナトリウムに向かいます。

第3章の「風立ちぬ」。節子は病棟2階の第一号室に入院し、「私」は付添人の隣室に寝泊まりすることにしました。院長から節子の病状は「病院中でも二番目くらいに重症《じゅうしょう》」だと告げられました。節子は安静を命じられて寝たきりです。とはいえ「私」は限られた時間の中で節子と一緒にいられる幸福を感じます。

夏が終わり秋になりました。病院の中でもっとも重症だった17号室の患者が亡くなります。さらに1週間後には別の神経衰弱の患者が林の中で縊死《いし》します。節子が2番目に重症と言われていた「私」は、「思わずほっとしたような気持」になりました。

「私」は節子に二人のことを小説にしたいと言いました。「おれ達がこうしてお互に与え合っているこの幸福、――皆がもう行き止まりだと思っているところから始っているようなこの生の愉しさ」を小説という形で残したいと告げました。二人は自分たちが幸福であることを確認し合います。

第4章は「冬」。ここから日付が入り、1935年10月20日から始まる日記形式になります。「私」は節子の世話をしたり、小説の構想を考えたりする日々でしたが、主題を節子と「私」との「生の幸福」と定めました。二人の幸福について考えながら、手帳に日記をしたためます。

節子の病状は悪化し、徐々に気弱になっていきます。「なんだか（家に）帰りたくなっちゃったわ」とさえ言うようになりました。

最終章の「死のかげの谷」。日付は1年後の1936年12月1日、「私」は節子と出会ったK村（軽井沢）で小屋を借りますが、すでに節子は亡くなった後の話です。その小屋で1年ぶりに手帳を開き、節子との思い出を追想しようとします。教会に行ったりリルケの「鎮魂歌《レクイエム》」を読んだりします。思い出を振り返る中で、節子との日々がどれだけ幸せなものだったか、そして自分がどれだけ節子の愛によって生かされてきたのかを理解するのでした。

堀辰雄と『風立ちぬ』

堀辰雄は、１９０４年の東京生まれ。戦後に48歳で亡くなっています。１９２５年に東京帝国大学文学部に入学し、同人誌を立ち上げ精力的に小説を執筆するようになりましたが、肋膜炎の発症など病気がちで休学をしたため、卒業したのは１９２９年、25歳のときのことでした。[*2]

著名な作品としては『聖家族』『菜穂子』『美しい村』などがありますが、恋愛や結婚の観点からは、この『風立ちぬ』がいちばん秀逸です。２０１３年のジブリ映画『風立ちぬ』もこの作品から着想を得たとされています。

『風立ちぬ』は章ごとに出版された小説で、「序曲」と「風立ちぬ」は１９３５年、最後の章である「死のかげの谷」は１９３８年に発表されています。完成までに3年を費やした作品でした。[*3]

なお、節子にはモデルが実在し、本名を矢野綾子といいました。彼女と堀辰雄は１９３３年夏に軽井沢で知り合い恋に落ちていますが、実はその出会いについては別の作品である『美しい村』の「夏」の章以降に書かれています。ですから、実は『美しい村』を読まないと『風立ちぬ』が十分に理解できないという構造にもなっています。

『美しい村』における出会いの場面を要約すると、29歳の「私」が、軽井沢で油絵を描く綾子を思わせる「少女」と出会います。二人の距離がしだいに縮まっていくにつれ、会話を交わしたり、一緒に散策するようになったりもします。軽井沢滞在中に、二人の間に恋愛感情がしっかり育《はぐく》まれていった様子が描かれています。

現実の堀辰雄は、１９３４年9月に綾子と婚約します。しかし、綾子は胸の病状を悪化させて翌年の7月にサナトリウムに入院し、その年の12月6日に他界してしまいます。『風立ちぬ』は、この１９３３〜１９３５年までの二人の関係にヒントを得た作品であり、綾子への鎮魂歌《レクイエム》であり、悲歌《エレジー》でした。

この点に、当時の若者にこの小説が支持された理由の１つがあると考えられます。『風立ちぬ』が完成した１９３８年は、まさに第二次世界大戦（１９３９〜１９４５年）の影が忍び寄っていた時期であり、この作品の「死」や「離別」といったテーマは切実なものであったからです。

なお、小説内に出てくる「風立ちぬ、いざ行きめやも」とは、ヴァレリーの詩集『海辺の墓地』の一節を堀が意訳したもので、「風が吹いた。さあもっと生きようか」といったような意味です。

『風立ちぬ』における最頻出語

この作品を理解するにあたって、まず小説の中でどのような言葉が多用されているか、数量分析をしてみました。どの語がどれくらい使われているかで、堀辰雄が何を強調したかが

抽象語	回数
幸福・幸せ	37
死	35
生(きる)	29
夢	23
消(える)	15
失(う)	10
悲しい・悲しみ	10
寂(しい)	8
人生	8
愛・恋	7
(※参考) 未来・将来・希望	0

図9-1
『風立ちぬ』に頻出する抽象語

理解できるからです。その結果が**図9―1**になります。
「幸福・幸せ」が37回でもっとも多く、続いて**「死」**35回、**「生・生きる」**29回、**「夢」**23回となっています。回数はずっと減りますが、**「消（える）」**が15回、**「失（う）」「悲しい・悲しみ」**が10回ずつ、**「寂（しい）」**8回、**「人生」**8回、**「愛・恋」**が7回となっています。なお、「私」と節子の未来につながる言葉である未来・将来・希望といった言葉は一度も使われていません。これは節子との関係が過去と現在のみであり、未来にはないことを暗示しています。節子の「死」が必然である以上、「悲しみ」や「寂（しい）」が多く使われていることも自然です。また、サブリミナル効果としてか、「消（える）」「失（う）」という言葉が小説中にちりばめられていることも目を引きます。

　唯一、未来を指向する言葉として「夢」がありますが、作中ではあくまでも実現が難しいものとしてとらえられていて、決して希望につながるイメージでは使われていません。したがって、用語の頻度という観点からは、『風立ちぬ』のメインテーマは、人生における「生」と「死」をどう見つめるかであり、「生」が続く間のつかの間の「幸福」とは何かということになります。不可避な「死」があるからこそ「生」が輝くのであり、『風立ちぬ』の場合は、その「生」の中心に節子との「幸福」が存在するということです。いつ終わるとも知れない二人の時間をいかに幸福に生き、実感できるかこそが、堀辰雄が書きたかった主題だったわけです。

たしかに、作品中には節子への愛情があふれています。しかしその愛情は静かな激しさなのです。恋愛バブルは通常、情熱的なものですが、堀による恋愛感情は、節子の死という厳然たる恐怖を落ち着いて受け入れたうえで、いかに節子との幸福な時間を共有し続けられるかを丁寧に描いているわけです。どれだけ節子を愛し愛されることができるのか自問自答しながら、小説内の時間は静かに流れてゆきます。[*4]

なお、抽象的ではありませんが、最頻出語は「雪」で、55回も使われています。タイトルの「風」は、実は27回しか出てきません。雪は「白」であり、色彩的に「死」＝黒の対極にある存在として、象徴的な意味をもたされていることを追記しておきます。

夫婦における「幸福」について

厳密に言えば、「私」と節子の二人は結婚に至っていませんので、この作品で描写されているのは婚約についてです。ただし、サナトリウムでは一緒に暮らしていましたので、二人の関係は夫婦とほぼ同じであると言ってよいでしょう。したがってこの作品で参考になるのは、どのようにしたら「私」と節子のように、夫婦間で愛し合うことができ、幸福な関係を築けるかという点になります。

これは、たいへん難しいテーマです。結婚している人ならば、肯《うなず》いてくれるはずでしょうが、そもそも愛し合うことが難しいし、「幸福な関係」を維持していくことはさらにたいへんです。

以下は、「私」と節子のように、

夫婦の幸福な関係をどのように維持できるか？

をテーマに、深く考えていきたいと思います。

なにしろ、『風立ちぬ』の中で「幸福」とは最頻出語なわけですから、このテーマを考えることはこの小説を理解することにつながります。とくに、重要なのは「私」と節子のような男女のあり方であり、さらには幸福な夫婦関係の築き方となります。そのためには、まず、

夫婦における「幸福」とは何か？

について、十分に理解することが必須になります。

わたしたちは、「幸福」「幸せ」という言葉を頻繁に目にしますが、それが何を意味しているのかをわかって使っている人はほとんどいません。よく女性誌が「結婚して幸せになる」と書きたてたり、プロポーズ前の男性が女性に「君を幸せにする」などと言ったりしますが、それはことばのあや、方便というものです。「幸せ」は、簡単に手に入り、維持できるものではないのです。[*5]

「幸福」とは何か？

では「幸福」とはそもそも何なのでしょうか？　しっかり定義すると、

幸福とは、ある結果または状態が自分の期待以上のときに生じるもの

となります。

他方、幸福の反対には「不幸」があり、不幸とは「ある結果または状態が自分の期待以下のときに生じるもの」となります。

みなさんにも今までの人生で幾度となく幸福な瞬間と不幸な瞬間が訪れたはずです。前者の例では、運動会で一等賞をとった、学校の先生に褒められた、告白して成功した、志望していた大学に合格した、など。その反対に不幸な瞬間は、たとえば先生に怒られた、好きな人にフラれた、受験に失敗した、仕事でしくじった、など……でしょうか。

なぜ幸福と感じたり不幸と感じたりするのかは、上記の**「期待」**で説明できるのです。幸福ないし不幸は、現在の自分がいて、将来起こりうる事象、現在起こっている事象に対して、どのように期待するかという心の問題です。期待以上であれば「幸福」、期待以下であれば「不幸」となります。昭和の詩人である相田みつをが「しあわせはいつもじぶんのこころがきめる」と詠んだのは、幸福を実に正しく理解しているからこそです。

幸福、つまり満足している状態には、物質的な側面と精神的な側面の２つがあります。

物質的な側面とは、衣食住が整っているとか、給料がどのくらいとか、相手の見かけとか家事能力といったような目に見えるものです。衣食住や給料には質量の違いがあるわけですが、それをどのように評価（期待）するかが重要となります。

たとえば、世帯収入が年収３００万円で生活している状態について、「幸福」を感じる人もいれば、「不幸」と感じる人もいます。発展途上国に住んでいる人々は物質的には恵まれていませんが、幸福と感じている人は（たとえば、一人あたりの名目GDPが日本の12分の1しかないブータン王国など）たくさん存在します。このように物質的なものに対してどの程度幸福に感じるかは、個々人の期待の問題なのです。

もう1つは精神的な側面です。こちらも幸福のためには不可欠です。「恋愛バブル」に象徴されるように、お互いが愛し合っている状態、お互いの関係が良好な状態かどうかは、精神的な満足度が規定します。この場合も当事者が評価（期待）して、満足なのか不満なのかどうかが重要です。たとえば、自分は相手を「十分に」愛していると思っているけれども、相手にとってみれば、その愛情度はまだ「不十分」と感じられる場合がありえます。十分か不十分かといった評価は、自分と相手が期待する度合いで変わってしまいます。もちろん恋愛の場合はなんらかの形にしなければ相手は理解できないので、愛情を表現する行動や言葉に対して、相手がどのように評価するかで決まるというわけです。

『風立ちぬ』では、「おれ達がこうしてお互に与え合っているこの幸福」とあります。「私」と節子が精神的な側面において期待以上であると考えていること、愛し合うことに対してお互いに満足している状態にあることがうかがえます。

「幸福」は慣れると消えてしまう

一方で「幸福」は、宿命的とも言うべき大きな問題を孕《はら》んでいます。それは、いずれはかなく消える運命にあるということです。人生の一時点では幸福だと感じていても、その後、幸福とは思えなくなるときがやってくるのです。

それは、経済学的にいうと**「限界効用逓減《げんかいこうようていげん》の法則」**が適用できるからです。この法則の意味するところは、消費財を消費すればするほど、満足の総量は増えても、満足度は徐々に減ってゆくというものです。

たとえば、大学受験で合格したときにはうれしくて幸福感に満たされますが、実際に大学に通い始めると、そのうち在学していることが当たり前になってきて、当初感じた幸福は感じなくなってゆきます。

それと同じように、結婚に関わるほとんどの行動や感情は、この法則が当てはまります。というより、残念ながら当てはまってしまうのです。たとえば「見かけ」。当初は素敵だったとしても、年齢とともに劣化してゆきますし、「美人は三日で飽きる」との格言どおり、外見的な満足度は逓減してゆきますので、徐々に当初感じていた喜びはなくなってゆきます。

夫婦のセックスもまったく同じことが言えます。既婚の読者ならば理解していただけると思いますが、配偶者との初期のセックスは愛を確かめ合う行為であり、しばらくは満足できるものだったはずです。ところが当初の高揚感は、回を重ねるうちに減少していったのではないでしょうか。現在の夫婦のセックスレスが60%前後である事実は、このことの傍証です。夫婦における営みの快楽は必然的に薄れてゆくものなのです。

『風立ちぬ』から読みとれる幸福な夫婦関係のポイント

それではすべての夫婦における幸福は遅かれ早かれ消滅するのでしょうか？　いいえ、努力しだいで消滅を回避したり、場合によっては幸福を増大させたりすることもできるのです。

そのポイントが『風立ちぬ』には描かれています。また、堀辰雄が意図的に描写したのかはともかく、節子を愛する過程で、幸福な関係を保つための具体的な方法論が読者に示唆されてもいます。とくに重要な４点を以下に見てゆきます。

①夫婦関係が長期的でない

『風立ちぬ』の場合、**二人の関係は短期的なもの**でした。最初に出会った１９３３年夏から節子が亡くなる１９３５年12月までですので、だいたい2年半という期間です。恋愛バブルはピークを迎え、幸福感が逓減することもありませんでした。節子の死が目前に迫ることを知っている「私」は、彼女が生きている間、全力で愛そうとします。後悔することのないように、できる限り幸福でいようと努めたわけです。

『風立ちぬ』においては、第一にこの期間が短かったという事実を明確にしておきたいと思います。もし二人の関係が長かったら、言い換えると恋愛バブルがはじけた後だったら、このような幸福な関係をずっと維持できたかは疑問です。

この点は、現代の夫婦が直面している切実な問題です。日本人の結婚生活が必ずしも幸福ではない最大の理由であるかもしれません。

なにしろ結婚後の夫婦生活がたいへん長い。現在は人生１００年時代と言われている時代であり、平均寿命は男女ともに80歳を超える世界有数の長寿国になっています。平均初婚年齢はだいたい30歳くらいですから、50年以上も一人の配偶者をずっと愛さなければならない。恋愛感情が数年程度しか続かない前提に立てば、愛情がともなわない夫婦関係を非常に長い間維持しなければならないわけです。結婚当初は幸福に感じたとしても、20年後、40年後も同じように幸福でいられるかはたいへん難しいと言わざるをえません。

歴史的には、そもそもわたしたちの祖先の寿命は、明治時代を迎えるまでは長い間40歳未満でしたので、夫婦関係の継続はそれほど難しくありませんでした[*6]。厳しい環境下で食料不足が生じやすく、医学の未発達による幼児死亡率の高さから、平均寿命がこれほどまでに短かったのです。恋愛に関して言えば、夫婦関係が成立してから10〜15年でその関係が終わっていました。したがってわたしたちの祖先は「この人と関係を持って、恋愛が長続きするのか」とか、「老後も一緒にやっていけるのか」などと考える必要がなかったのです。

その後、寿命は徐々に延びてゆきます。戦国時代の織田信長は「人間五十年、下天の内を比ぶれば、夢幻の如くなり。一度生を得て滅せぬ者のあるべきか」と好んで謡ったと言われていますが、これは16世紀に平均寿命が50歳だったというわけではなく、むしろ50歳まで生きる人は例外的長寿でした。

戦後間もない１９４７年の時点で、ようやく男性の平均寿命が50歳、女性は54歳になります。その後、高度経済成長期を経て日本人の食生活が豊かになり、健康への意識の向上、医療の充実などにより、平均寿命は急速に延びてゆきました。それにともない、夫婦間の「幸福」な関係を維持するには、ますます不断の努力が必要になってきたわけです。

②愛情を「五感」で伝える

ここからは、夫婦の幸福を醸成する具体的な手段について考えます。まず大事なのは、**五感を使ってお互いの愛情を表現する**ことです。「私」と節子はこれを照れることなく実行しています。

本書を通じて、恋愛の手順としては「五感」があると幾度も述べてきました。最初に視覚があって、次に聴覚、嗅覚、触覚、最後にキスに至る味覚といったように、恋愛感情が高まるにしたがって、段階を踏んで愛情表現も豊かになっていきます。

幸福な夫婦関係には、この愛情表現が不可欠です。肉眼で見る、会話をする、至近距離にいてにおいを嗅ぐ、身体に触れる、キスをするという5つの過程を体験することが、恋愛が満たされている状態です。

「私」と節子の関係もまさしくこの5つの感覚の交換が十分に行なわれています。**図9―2**をご覧ください。『風立ちぬ』の中にある五感に関わる描写を抜き出してみました。

視覚的には、つねに二人は一緒にいて互いを見ています。しばしば見つめ合っていますし、微笑んでもいます。聴覚的にも相手に自分の愛する気持ちを伝えています。わたしが今幸せなのはあなたのおかげである、というメッセージを恥ずかしがらずにきちんと言語化してい

五感	『風立ちぬ』での描写
視覚	●お前の方を見返した。(序曲) ●私につとめて微笑んで見せようとした。(序曲) ●目と目を見合わせて(冬)など多数。
聴覚	●「今の私達の生活を思い出すようなことがあったら、 それがどんなに美しいだろうと思っていたんだ」(風立ちぬ) ●「お前は今日はなんだか見知らない 薔薇色の少女みたいだよ」(風立ちぬ) ●「お前にはね、(中略)頭から足のさきまで 幸福になっていて貰いたいんだ」(風立ちぬ) ●「節子よ、これまで二人のものがこんな風に 愛し合ったことがあろうとは思えない」(風立ちぬ)
嗅覚	●好い匂いのする存在(風立ちぬ) ●髪の毛がかすかに匂った。(冬)
触覚	●私達は肩に手をかけ合ったまま(序曲) ●私は私に靠れているお前の肩に手をかけながら(序曲) ●いきなりお前の手をとった。(序曲) ●節子は私の肩から手をはずさずに(春) ●彼女はいつまでも私の手をはなさないでいた。(冬)
味覚	●その額にそっと接吻した。(風立ちぬ) ●彼女の髪に接吻をしてやる(風立ちぬ) ●髪をいじりながら額に接吻しようとすると(冬)

図9-2　『風立ちぬ』における五感の描写

ることが重要なのです。

嗅覚的にも、二人の相性の良さが伝わってきます。なにしろ「好《い》い匂《にお》いのする存在」なのですから。触覚・味覚的にも二人は緊密です。お互いの手をとり合ったり、肩を寄せ合ったりしていますので、つねに身体のどこかを触れ合っています。またキスもことあるごとにしています。相手のことがどれだけ好きかを、全身を使って表現しているのです。

たとえば「今日はなんだか見知らない薔薇色の少女みたいだよ」というように、相手を褒めることは大事な行為です。「私のそばから離さない」ことも、「いきなりお前の手をとった」り、「額にそっと接吻《せっぷん》」することも重要です。結婚生活が長くなってくると、徐々にキスをする回数が減り、セックスレスになり、手をつなぐことも体臭を嗅ぎ合うこともなくなり、会話も減少してゆきます。さらには笑顔を交わすことさえ減ってゆきます。ですから、「私」と節子のように、五感的に愛情を表現することは、夫婦関係の継続のためには極めて重要なのです。

③「補完的関係」を構築する

次いで、**お互いが与え合う関係**が不可欠である点です。

『風立ちぬ』の中の「私」と節子は愛し合い、与え合い、精神的に支え合っています。「私達はお互に相手の気持ちをいたわり合う」とありますので、二人の精神的な交換がスムーズに行なわれていることがわかります。

『風立ちぬ』で目を引くのは、自分が節子に与えている質量に「私」が満足していない点です。それは「私」の次の言葉に端的に表れています。

「おれは何んだかいまのような生活がおれの気まぐれなのじゃないかと思ったんだ。そんなものをいかにも大事なもののようにこうやってお前にも……」

（『風立ちぬ・美しい村』、153頁）

「私」は一緒にサナトリウムに住んでいるし、節子に限りなく与えているのですが、自分ではまだ足らないと感じているのです。すばらしく深い愛ではありませんか。

節子の方も「私」から与えられるばかりではありません。できる限りの努力をしています。たとえば第4章「冬」では、節子が病気でありながら、「私」の帰りを外に出て待っている描写があります。病弱な節子も「私」に何を与えられるのか、つねに考えている様子が浮かび上がってきます。

このように、幸福な関係には与え合うこと、つまり相互補完がもっとも重要です。この場合、与え合うものは、同じものの重複ではなく、足りないものを補い合う**「補完」**が最適でしょう。自分にないものを相手からもらい、自分のもつものを相手に与えてシナジー効果を期待するのが夫婦間の理想とすべき関係です。「いろいろあっても、この人がいないと結婚生活が成り立たない」という関係を構築できれば、二人は楽しく一緒にいることができます。「おしどり夫婦」と呼ばれる人たちは、きっとそんな関係が築けているのだと思うのです。小説中の言葉で表現すると、「一生の間をどれだけお互に幸福にさせ合えるか？」ということです。

相互補完は双方向であることとともに、同じくらいの質量の交換が行なわれることが理想です。もし一方にメリットがたくさん存在して、他方には少なかったら、少ない方は不満に思うことでしょう。徐々に距離をおき、最終的には与えることを止めてしまいます。メリットが二人にとって大きく、お互いがいないと存在しえないような関係になると、理想的な幸福状態となることができます。

いかに相手から「奪えるか」ではありません。それは愛ではありません。相手を愛するとは相手にいかに「与えるか」です。たとえば年収を増加させるでも、料理のレパートリーを広げるでも、健康の知識を増やすでもなんでも構いません。愛の基本は相手が欲しているものを与えることです。

④減点制から加点制へ変換する

続いてのポイントは**「加点制」**の導入です。

通常、夫婦関係が長くなると、相手への期待値が上がり、評価は「減点制」になってゆくものです。食事を毎日つくってくれる、汚い衣服は洗濯かごに入れれば洗ってくれる、部屋はいつも片づいているといったことから、給料は月に一度必ず振り込まれる、遅くまで家族のために残業をする、一年に一度は二人で旅行するといったことまでが日常化すると、相手に対しての感謝の気持ちはしだいに薄れていかざるをえません。

夫婦関係を良好なものとして維持するためには、この期待値が上がってしまうことを避ける必要があります。

この点、『風立ちぬ』で特筆すべきは加点制がお互いの思考のベースになっていることは見逃せません。「死」を目前にしていますから、「生」で得られるものは、すべて加点として考えています。「死」はゼロですから、その対極にある「生」は加点なのです。堀の言葉を用いれば「普通の人々がもう行き止まりだと信じているところから始まっている」からこそ、すべてがプラスに転じます。たとえば、二人は普段見慣れている自然の美しさにまで感動しています。もう見られないと思えば、自然の美しさはプラス＝加点です。

また相手が自分にしてくれることはすべてが感謝＝加点の対象です。このようなゼロスタートの立場からすれば、「私」にとって節子といるすべての時間は加点され、「私達の日常生活のどんな些細《ささい》なものまで、その一つ一つがいままでとは全然異《ちが》った魅力を持ち出」します。

一方、節子も「こうやってあなたのお側にいさえすれば、私はそれで好いの」と「私」と同じように謙虚ですので、考え方の基本は加点です。このように幸福な夫婦関係でいるためには、陥りがちな減点制の思考から、加点制へと変換することが重要なのです。

たとえば、夫にとっては、妻が朝ごはんをつくってくれたら加点になります。すると、すんなりと「ありがとう」の言葉が出てきます。その反対に「自分は働きに出るのだから、朝ごはんを妻がつくるのは当然」と思ってしまうと、加点ゼロ。おいしくない料理が出てきた場合には減点になってしまいます。

妻にとっては、残業をしてまで稼いでくれる夫の存在は加点です。夜遅くに帰ってくるからというだけで減点では、一生懸命働く夫が可哀そうです。残業してまで働いて経済的資源を供給しようとする夫は、仕事の疲れと妻からの減点のダブルパンチで立ち直ることができません。

ですから、幸福な夫婦関係を維持するためには、朝起きたら相手への期待をリセットし、ゼロから始めましょう。毎日、相手への期待をゼロにすれば、相手から提供されるすべての素敵な行為が加点となり、幸福につながってゆくのです。

「愛し合う」とは何か?

最後に、夫婦で愛し合うとはどういう状態なのかを理論的に考えてみましょう。誰もが愛する人と相思相愛でいたいものですが、そうした状態はどうすれば可能なのか、指針を示したいと思います。

記号を使って説明します。まず**「夫→妻」**を「夫は妻を愛する」とします。そうすると、夫婦ですから、

・夫→妻

・妻↓夫

がまず夫婦関係の基本になります。ただし、これはお互いを愛している状態ではありません。「夫が妻を愛している」「妻が夫を愛している」の2つの想いが併存している状態であるだけです。自分は相手のことを愛しているのはわかっているが、相手がどう思っているかはわかりません。

人間の相思相愛のためには、お互いがお互いを愛していることを確認している状態が必要です。つまり、

・夫は「妻↓夫」を知っている
・妻は「夫↓妻」を知っている

という2つが存在して初めて、相思相愛の状態であると言えます。つまり「**わたしはあなたがわたしを愛していることを知っている**」と「**あなたもわたしがあなたを愛していることを知っている**」の両方が成立している状態が、相思相愛の必要十分条件なのです。

『風立ちぬ』の中では、言葉や行動によってつねにお互いの愛を確認し合っています。したがって「私」も節子も、相手が自分を愛していることをいつも知っている状態になっています。そうであるからこそ、

「何を考えているの？」とうとう彼女が口を切った。

（中略）

「お前には分っているだろう？」と問い返した。

（同、169頁）

という会話が成り立ちます。言葉にしなくても相手が何を考えているのか、相思相愛であるから理解できるのです。

お互いが愛し合っているからといって、その事実を言葉で確認する必要がないと言っているのではありません。むしろ、恋愛感情はうつろうものですから、「大好きだよ」「愛しているよ」と、言葉にして日常的にお互いに伝えることが大切なのです。夫婦ですから、「わたしはあなたがわたしを愛していることを知っている」とは思っていますが、それをきちんと言葉によって補強することは必要不可欠です。「私」と節子の幸福な関係とは、このように

愛し合う行為のうえに成立していたものだったのです。

∴

まとめとして強調しておきたいのは、『風立ちぬ』のような幸せな夫婦関係のためには、幸福を創出する努力そのものが大切であることです。幸せは１つではありません。いくつでも創出可能です。

幸福の種を蒔いて、花を咲かせること。幸せな人生とはこれに尽きると思います。種を蒔くことなく過ごす守りの人生だったら、平穏に何事も起こらない一日が過ぎていくことを願うだけになります。守りの姿勢は、不幸にならない生き方をしているにすぎません。

新しい幸福を創出できれば、今ある幸福が消え去っても新しい幸福で補えることになります。幸福に向かって不断の努力をすることで夫婦関係はステップアップしてゆくものです。

夫婦関係に行き詰まったらぜひ『風立ちぬ』に立ち返って考えてみてください。きっと幸福へのヒントが隠されていることでしょう。

＊１　通説としては『風立ちぬ』は私小説ではなく、むしろ「虚構の文学」に近いとされている。たとえば福田清人・飯島文・横田玲子（１９６６年）『堀辰雄　人と作品』清水書院。

＊２　小川和佑（１９８６年）『堀辰雄　作家の境涯』丘書房の年表より。

＊３　田中清光（１９７８年）『堀辰雄　魂の旅』文京書房を参照した。

＊４　「雪」の重要性を指摘している論評には遠藤周作の「堀辰雄論覚書」がある。出典は竹内清己編（２００３年）『堀辰雄「風立ちぬ」作品論集』クレス出版。

＊５　詳しくは拙著（２０１３年）『なぜ、結婚はうまくいかないのか?』ディスカヴァー21を参照。

＊６　当時の平均寿命は、15歳程度だろうと人類学者は指摘している。小林和正（１９６７年）「出土人骨による日本縄文時代人の寿命の推定」人口問題研究、第１０２号、１〜10頁。

終章

僕と緑の「過剰さ」について

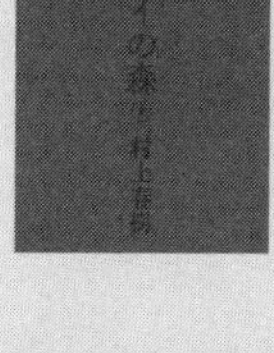

村上春樹
『ノルウェイの森』
講談社文庫

明治、大正、昭和の文豪たちが描いた恋愛を分析してきた本書ですが、最後に特別編として、現役作家の小説を取り上げて締めくくりたいと思います。

というわけで、村上春樹の『ノルウェイの森』です。発売時、「１００パーセントの恋愛小説です」というキャッチコピーが帯を飾ったことをご記憶の方もいるでしょうか。作品の基本的構図は、縦糸に主人公の恋愛、横糸に「死」があり、この両者を紡いだ物語とざっくり把握することができます。村上春樹本人は、『ノルウェイの森』は恋愛小説ではないと述べているようですが、主題の柱として恋愛があることは否定できません。

ハルキストには申し訳ないのですが、この小説は恋愛描写について突っ込みどころ満載です。もちろん、この違和感は１９８７年の初版後30年以上が経って読むから表出してくるものであって、作品で描かれている１９６０年代後半や、出版された１９８７年当時ではそれほど感じないものだったのかもしれません。あくまで現代では、ということです。

団塊の世代のラブストーリー

まずは時代背景からざっと見ておきましょう。主人公は「僕」＝ワタナベ・トオルで、彼が大学生として都内の私立大学に入学し、和敬塾と思しき寮に入寮した1年生の春から、３

年生の春くらいまでの物語です。年齢で言えば18歳から20歳で、１９６８年から１９７０年のできごとになります。逆算すると、主人公は１９４９年頃に生まれたことになるわけですが、村上春樹が１９４９年１月12日生まれなので、自身を投影していると見て間違いありません。１９４９年とは太平洋戦争が終わって４年後、同年に生まれた赤ちゃんの数はわが国の歴史上最多の２６９万人でした。現在では80万人程度の赤ちゃんしか生まれていませんので隔世の感があります。

　つまり、第一次ベビーブーマー世代に生まれたのが主人公で、『ノルウェイの森』とは、団塊《だんかい》の世代の青春ラブストーリーとも言えるわけです。

　ワタナベが大学に通った時代、１９６０年代後半は、団塊の世代による全共闘運動がもっとも盛んだった時代でもあります。全共闘とは１９６５年から１９７２年までの間、安保改定とベトナム戦争反対を唱え、わが国に共産主義革命を起こそうとした人たちでした。もちろん小説中にも運動に参加している学生が登場します。

　ただしワタナベは基本的にノンポリで、むしろ、当時の言葉を使えば「軟派」に属していた文学青年です。最近では「草食」vs「肉食」などといったりしますが、当時は「軟派」vs「硬派」という色分けであり、軟派とは、特段のイデオロギーをもたず、どちらかと言えば恋愛に興味をもっていた人たちの総称でした。[*1] 街中で男性が女性を誘う「ナンパ」の由来ですね。

主人公ワタナベは、作中で二人の女子大生を好きになります。一人は自殺した高校時代の親友キズキの恋人だった直子、もう一人は同じ大学に通う緑で、この二人と関わる中で「死」と向き合っていくことになります。

直子は、神戸のミッション系女子高を卒業したのち東京の「武蔵野のはずれにある」女子大に進学しました。ワタナベとはキズキの自殺以来会っていなかったのですが、大学1年生のときに中央線の車内でばったり再会し、以来デートをする仲になります。二人は、直子の誕生日に性的な関係をもつことになります。ワタナベは徐々に直子に恋愛感情をいだくようになるのですが、直子の方はキズキの自殺を引きずって精神的に病んでしまいます。その後大学を中退して京都の療養所で生活するようになったのち、最終的に自殺します。

他方、緑とワタナベは2年生のときに大学の講義で出会い、緑の方から話しかけたことで関係が始まります。実家は豊島区で書店を経営、雙葉高校らしき女子校を卒業したのち、ワタナベと同じ大学に入学しました。奔放な女性で、性的な表現を言葉にすることに躊躇はなく、ワタナベに対しては積極的に自分から話しかけます。緑には恋人がいますが、ワタナベとは3回目のデートでキスをし、その後彼氏と別れたのちにセックスをします。直子が自殺したのち、ワタナベが緑に「世界中に君以外に求めるものは何もない」と告白したところで小説は終わります。

ワタナベがあまりにモテすぎる

主人公ワタナベが直子と緑に恋愛感情をいだいてゆくプロセスが克明に描かれますが、恋愛学の立場からこの本を読むと、いくつか違和感を覚えざるをえません。

1つめが主人公のワタナベがモテすぎる点です。大学生にこのようなモテ男がいないわけではありませんが、作者はワタナベがなぜモテるかについて明確にしていません。見かけはイマイチだと緑は言っていますし、孤独が好きな文学青年では女性をくどくテクニックがあるとも思えません。東京では簡単にセックスできると間違った幻想を読者にいだかせてしまうに違いなく、出版当時、多くの男性を悶々とさせてしまったはずです。少なくとも、「うらやましい」と思った読者は確実にいたことでしょう。

恋愛学では、**学力と性経験率は反比例の関係**があることが知られています。つまり勉強ができる生徒ほどセックスに奥手なわけです。授業をさぼってビリヤードを楽しみ、煙草を吸ったり女子高生と初体験したりしながら、きちんと大学に合格したワタナベは、その意味では早熟で、かつ充実した高校生活を送ったということになります。

しかし、１９６８年当時は、現在のように大学数が７５０超で、お金があれば誰でもどこかに入れる大学全入時代ではありませんでした。たとえば、１９６８年の大学数は現在のほぼ半分、大学進学率は男性が22％、女子が５・２％でした。したがって、高3でセックスを経験し、なおかつ早稲田大学と思われる大学に進学したワタナベは、なかなかの存在と言わねばなりません。

大学生になってからのセックスの経験人数は、ワタナベ本人が告白しているように、大学2年次ですでに7〜8人です。こちらも多い。１９６９年当時では異常な多さです。寮の先輩である永沢のモテぶり（東大生であり、70人以上の女性とセックスしたと豪語している）はさらに尋常ではなく、彼とともにナンパすると、「あまりに簡単すぎて気が抜けるくらい」なほどセックスできたとありますが、当時の実情は必ずしもそう簡単なものではありませんでした。

図10―1をご覧ください。[*2] 日本性教育協会が１９７４年から２０１７年まで集計した高校生と大学生の性経験率の推移を示す図ですが、１９７４年（ワタナベが高校3年生だった19

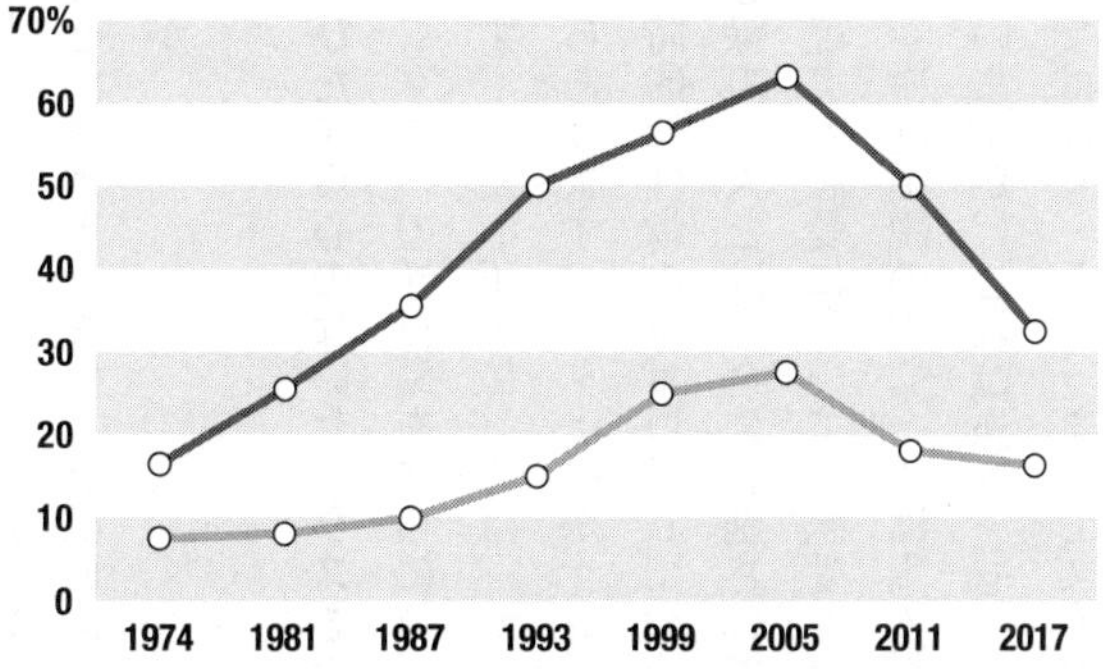

図10-1
高校生と大学生の性経験率の推移

６７年の７年後）当時でさえも、高校生の性経験率はたったの７・９％でした。大学生でも、１９７４年時点での経験率は17・１％でしたから、そのような時代に大学２年次終わりまでに11人（小説中の７〜８人に直子、緑、その他の女性の３人を合計した数字）もの女性とセックスするのは至難の業です。

なお、図に示されるとおり、現在では、性経験率は減少傾向にあります。２００５年の高校生の性経験率は28・45％、大学生では62・６％でピークを迎えましたが、その後徐々に減少して、２０１７年では高校生16・45％、大学生41・85％に落ち込んでいます。

理由としては、スマホやゲーム等に費やす時間が増加したことでコミュニケーションの機会が失われていること、あるいは人口動態の変化により若者が減少し、出会いの機会が減っていることが考えられます。とはいえ、１９６８年当時に比べれば、圧倒的に性経験率は高いのですが。

ひたすら心のないセックスを続ける男

ワタナベの性行動をさらに特異にしているものは、セックスに対するある種の「淡白さ」です。いえ、正確に言えば、セックスと恋愛がほぼ完全に切り離されているところが異様ですらあります。ワタナベがナンパして行なうセックスは風俗嬢を相手にするのに似ていて、一時的な性欲のはけ口としてのみその他の女性が存在し、恋愛対象としての女性である直子と緑の二人とは完全に区別されています。

現実の恋愛において、恋愛とセックスを完全に切り離すことは可能なのでしょうか？　村上春樹は小説の中で「死は生の対極としてではなく、その一部として存在している」と述べていますが、これは恋愛とセックスの関係にも言えることで、「セックスは恋愛の対極としてではなく、その一部として存在している」のです。仮に性欲のはけ口としてセックスしたとしても、多少なりとも心が動いたり、情が移ったりして恋愛感情が後から追いかけてくることもしばしばあるわけで、実際の恋愛において両者を完全に分離させることは簡単ではないのです。

もちろん、ハルキストが主張するように、遠距離にいる恋人の直子が精神的に病み、セックスできない状況で、女性への飢《う》えを抑えきれない、その背反する心理を村上春樹は描いているのだという点について、理解できないわけではありません[*3]。ただし、セックスへの渇きとして女性と性関係になったとしても、その際に女性の魅力を見つけて一時的に交際したり、セフレとしてキープしたりするのが現実の恋愛なのです。杓子定規に一回ぽっきりと割り切り、毎回毎回行きずりのセックスをしながら、なおかつ直子を想い続けるというのは、実際にはなかなかできるものではありません。

また、ワタナベの言動の端々からうかがえるインテリジェンスと、女性を性的に食い散らかす行為は、基本的には相容れないものです。たとえばワタナベは文学青年であり、恋愛表現もウィットに富んでいます。「春の熊くらい好きだよ」「世界中のジャングルの虎がみんな溶けてバターになってしまうくらい好きだ」と緑に向かって口にしたように、豊かな比喩表現のできる感受性豊かな大学生が、ほかの女性に対して冷淡というのはいかにもアンバランスな印象を受けます。

緑の恋愛テクニックが多彩すぎる

2つめに違和感を覚えるのが、緑の恋愛テクニックの多彩さです。

女性が男性をくどくには、それ相応のテクニックが必要となるものですが、登場人物の一人である緑はいわゆる「モテテク」を駆使しています。その量は異常な多さであり、そんなテクニックをもっている女子大生は非現実的だと言わざるをえないほどです。

二人が受講している「演劇史Ⅱ」の講義後、緑が「大学から歩いて十分ばかりのところ」にあるレストランで最初に話しかけたのが1回目、翌週の授業後に四ツ谷の弁当屋に一緒に行ったのが2回目、次の日曜日に緑の自宅で緑が手料理をふるまったのが3回目の出会いですが、この3回の間に緑が使ったモテテクニックには以下のものがあります。[*4]

①戦略的服従

「戦略的服従」とは名を捨てて実をとる戦略で、相手に教えを乞い、その過程で自分の目的を達成するものです。日常生活では、「エクセルの使い方を教えてもらえませんか」といった例が典型的です。頭を下げてお願いするわけですね。言われた男性としてはうれしいものなので教えることになりますが、そうすると「お礼にお昼ごはんをご馳走させてください」という展開がありえます。このように戦略的服従を用いると2回会うことができるようになります。

　これはまさしく、緑がワタナベに使ったテクニックでした。

「ねえ、ワタナベ君、あなた講義のノートとってる？　演劇史Ⅱの？」

「とってるよ」と僕は言った。

「悪いんだけど貸してもらえないかしら？　私二回休んじゃってるのよ。あのクラスに私、知ってる人いないし」

「もちろん、いいよ」僕は鞄からノートを出して何か余計なものが書かれていないことをたしかめてから緑に渡した。

（『ノルウェイの森（上）』、１１２頁）

　ノートを返す必要があるため、緑とワタナベは必ずもう一度会うことになります。このように借りをつくる戦略を用いれば、次のデートにつながるのです。

②引きの戦略

「引きの戦略」とは、自分の感情を抑え、意図的に相手と距離をおくテクニックです。男性は女性に引かれると追いかけたくなる傾向を利用したもので、男性をじらして大きなリターンを得るために、女性がよく実践する作戦と言えます。

緑はノートを借りるとこの引きの戦略をすぐに実践します。貸したノートを受け取るため、ワタナベは最初に出会ったレストランで2日後に会う約束をしましたが、その日緑は現れませんでした。実際に会うことになるのは翌週の「演劇史Ⅱ」の講義でしたので、1週間もの間、ワタナベは緑の存在を気にかけていたことになります。

③ランチョン戦略

「ランチョン戦略」とは、食事しながらの会話に、心地よさをもたらす効果があることから、食後に親和感を醸成させようとする作戦になります。会話が途切れても食事をすることでごまかせるといった利点もあるため、話し下手な人にも有効です。

緑はこのランチョン戦略を毎回用います。最初に出会ったのもレストランですし、2回目は講義の後なのに、わざわざ四ツ谷まで行って弁当屋に入ります。3回目は自宅に呼んで手料理までふるまいます。

④ギャップ戦略

「ギャップ戦略」とは、いい意味で期待を裏切る言動で相手の興味を引き、自分の奥行きの深さ（ミステリアスな自分）をつくり出すテクニックです。

緑は、ギャップを波状攻撃のように示し続けます。まず髪型を大胆に変えます。長い髪の毛から、4センチか5センチくらいの超ショートヘアになってワタナベに話しかけます。

> 髪の長かったときの彼女は、僕の覚えている限りではまあごく普通の可愛い女の子だった。でも今僕の前に座っている彼女はまるで春を迎えて世界にとびだしたばかりの小動物のように瑞々しい生命観を体中からほとばしらせていた。
>
> （同、107頁）

ワタナベが緑の鮮烈な印象に驚き、心を奪われている様子がよくわかります。

さらにギャップの演出は続きます。緑は豊島区の書店を営む家に生まれた「普通の娘」でしたが、実はお嬢様学校出身であることを伝え、ワタナベを四ツ谷にある自分の出身校に連れてゆきます。「エリートの女の子のあつまる学校なのよ。育ちも良きゃ成績も良いって女の子が千人近くあつめられてるの。ま、金持の娘ばかりね」と説明し、自由奔放な自分と上手に対比させるのです。

お嬢様だから料理ができないかというと、これもまったく逆で、緑はワタナベを自宅に招いておいしい手料理をふるまいます。料理をする姿も魅力的で、「ひとつひとつの動作が俊敏で無駄がなく、全体のバランスがすごく良かった」とワタナベを感心させるほどでした。また、昼ごはんとしてふるまわれた料理は、「鯵の酢のものに、ぼってりとしただしまき玉子、自分で作ったさわらの西京漬、なすの煮もの、じゅんさいの吸物、しめじの御飯、それにたくあんを細かくきざんで胡麻をまぶしたもの」といった家庭的なお惣菜であり、ここでも日頃の奔放な言動とのギャップが見事に演出されているのです。

⑤自己開示戦略

「自己開示戦略」では、自分の心の奥深いところや個人的なことを相手に話したり、秘密を打ち明けたりすると、お互いの親近感が増幅される心理を突きます。

緑の自己開示は、自分の家族の事情や、セックスを想起させる猥談でした。家族については、父の入院先に来てもらうことまでしています。もちろん自分だけ自己開示しても一方通行になってしまうので、ワタナベにも自身のことを打ち明けるように仕向けます。事実、徐々にですがワタナベも猥談に応えるなど、積極的に話し始めるようになります。

⑥ミラーリング効果

動作、姿勢、表情、会話のテンポ、趣味……これらを相手に合わせることを**「ミラーリング効果」**と言い、同調することで親近感を醸成するテクニックとなります。

緑が使ったミラーリングは、「相手の言葉の繰り返し」というもっともシンプルなものです。たとえばワタナベが「とくに好きなわけじゃない。なんだっていいんだよ」と言うと、緑もそのまま「とくに好きなわけじゃない。なんだっていいんだよ」と繰り返します。緑はこの繰り返しを別の機会をとらえて何度も行ないます。ワタナベは、緑が真剣に自分の話を聞いてくれているんだと感じ、好感をもつことになります。

⑦自己肯定戦略

人間には相手から認められたいという強い承認欲求があるため、**「自己肯定戦略」**では、褒められたり、うなずかれたり、肯定されるとその人に好意を抱くという心理を利用します。具体的に、とにかく褒めることがコツです。緑は会ったその瞬間から、ずっとワタナベを褒めちぎっています。以下は、緑がワタナベと会った3回のうちの会話例です。

「あなたってなんだかハンフリー・ボガートみたいなしゃべり方するのね。クールでタフで」（同、109頁）

「私、あなたのしゃべり方すごく好きよ。きれいに壁土を塗ってるみたいで」（同、111頁）

「あなたって親切なのね」（同、123頁）

「私あなたと話してるの好きよ」（同、148頁）

このように、たった3回会っただけで、ワタナベのことを表現豊かに褒めちぎっているわけです。もちろん、3回目以降のデートでも、ワタナベを肯定する会話を忘れません。初対面からここまで良く言われ続けると、普通の男性なら相手に好意をもったとしても不思議はありません。

以上見てきたように、緑はこうした「モテテク」による波状攻撃で、最終的にワタナベの恋愛感情を呼び起こすわけですが、実際には2つ、3つ使えれば男性の恋心に火をつけるに十分です。緑の場合には短期間に少なくとも7つ使っており、その過剰な多さに違和感を覚えてしまいます。男性を好きにさせる（疑似恋愛させる）ことを仕事としているクラブのホステスならば理解できます。しかし、緑はまだ大学1年生なのです。中高一貫のお嬢様学校出身の女の子がこれでは、いかにも現実味がありません。

∴

『ノルウェイの森』は累計1000万部以上も売れただけのことはある、すばらしい文学作品だとわたしも思います。しかしながら、恋愛小説として読むとあまりに非現実的な描写が目についてしまいます。

ワタナベがモテすぎる、緑の恋愛テクニックが多彩すぎるといった点のほかにも、登場人物の喫煙率が異常に高く、美しいはずの恋愛描写が嗅覚的に台無しになっていることも見逃せません。また、恋愛の帰結として自殺が都合よく使われていることも、読後感がすっきりしないところです。

以上を勘案すると、たしかに村上春樹が言うように、恋愛という観点ではなく、「死と生」にどう向き合うべきかについて考える長編小説として読むのが、もっとも正しいのかもしれません。少なくとも、「１００パーセントの恋愛小説」でないことだけは、たしかなようです。

＊１　別冊宝島（２００２年）『昭和の大学生大百科―１９６０-１９７０』宝島社。
＊２　日本性教育協会が本件について調査を開始したのは１９７４年からである。１９６８年当時の資料は存在しないのが残念である。
＊３　たとえば、加藤典洋（２０１５年）『村上春樹は、むずかしい』岩波新書。
＊４　詳しくは、拙著（２０１３年）『結婚は４人目以降で決めよ』新潮文庫を参照。

おわりに

本書で取り上げた作品は、わたしが大学生であった20歳前後に一度読んだ記憶があります。いまから45年も前の経験です。今回、光文社新書編集部から文豪による名作を恋愛学によって分析してほしいと依頼され、改めてじっくり読み直すと、思いのほか様々な発見がありました。

たとえば、「恋愛小説」とひとくくりにできても、扱うテーマは、恋愛バブルだったり、失恋だったり、夫婦関係だったり、不倫だったりと、文豪が扱った恋愛の幅広さに感銘を覚えました。また、わが国を代表する文豪といえども、恋愛経験については、少なそうな作家（田山花袋や川端康成）もいれば、経験豊富だと思われる作家（太宰治や武者小路実篤）もいました。その経験の差が筆致や恋愛描写の克明さに表れていて、こちらも新たな発見の1つでした。

本書は、文豪の作品の文学的意義を評したり、文体の優劣に言及したりするものではありません。作品をまずありのままに受け入れて、その中で恋愛に関する描写を抽出し、恋愛学の知見を用いて分析して、いままでにない新しい切り口から作品をより深く理解できるようにしたものです。名作を読むメリットとしては、読書力や想像力を鍛えるといったものがありますが、それと同じく重要なのは、作品の中に埋もれている生きるための秘訣や恋愛の普遍性を見つけだして、現代のわたしたちに役立てるような読解だと思うのです。その意味で、現代における恋愛や結婚の整合性をデータや理論を提示しながら、検討してきました。少しでも参考にできるものがあったなら幸いです。

恋愛学はまだまだ発展途上であり、今後新しい仮説や理論が生まれるごとに新しい視座を提供できるはずですし、社会の価値観の変化にしたがって作品に対する評価も変わってゆくに違いありません。たとえば30年後にもう一度、今回取り上げた文豪の作品を読み直せば、また別の見方が出てくることでしょう。それもまた名作を読む楽しさの1つであるはずです。本書を契機にみなさんに文豪の他の作品を読んでいただけたらとも思いますし、数年ごとに再読されることを願っています。

なお、執筆にあたっては、過去の拙著を随所に参考にしたことを追記します。とくに『結婚は４人目以降で決めよ』（新潮文庫）、『なぜ、結婚はうまくいかないのか？』『一目惚れの科学』（以上、ディスカヴァー携書）、『20代で10倍差をつけるエリート養成講座』『入社３年目までに絶対に知っておきたいこと』（以上、ディスカヴァー21）、『大人の「不倫学」』（宝島社）、『早稲田の恋愛学入門』（東京書店）、『改訂版　大学４年間で絶対やっておくべきこと』（ＫＡＤＯＫＡＷＡ）です。

最後に、出版に際してたいへんお世話になった光文社新書編集部の田頭晃副編集長には、深い感謝の意を表明したいと思います。ありがとうございました。

令和２年９月吉日　早稲田大学国際教養学部教授　森川友義

初出：「森川友義が恋愛学で読みとく『文豪の恋』」（光文社新書ｎｏｔｅ https://shinsho.kobunsha.com/ に連載）
新書版刊行に際し、加筆・修正をしました。

森川友義（もりかわとものり）

1955年群馬県生まれ。早稲田大学国際教養学部教授。政治学博士。早稲田大学政治経済学部政治学科卒、ボストン大学政治学修士号、オレゴン大学政治学博士号取得。専門分野は日本政治、恋愛学、進化政治学。早稲田大学の授業「恋愛学入門」は学生に絶大な支持を得ている。恋愛学の著書としては『ロンブー淳×森川教授の最強の恋愛術』（田村淳との共著、マガジンハウス）、『一目惚れの科学』（ディスカヴァー携書）、『黄昏流星群学～54歳からの恋愛聖書《バイブル》～』（弘兼憲史との共著、小学館）等がある。

恋愛学《れんあいがく》で読《よ》みとく文豪《ぶんごう》の恋《こい》

2020年9月30日初版1刷発行

著　者 ── 森川友義
発行者 ── 田邉浩司
装　幀 ── アラン・チャン
印刷所 ── 萩原印刷
製本所 ── 国宝社
発行所 ── 株式会社光文社
東京都文京区音羽1-16-6（〒112-8011）
https://www.kobunsha.com/
電　話 ── 編集部03(5395)8289　書籍販売部03(5395)8116
業務部03(5395)8125
メール ── sinsyo@kobunsha.com

ISBN 978-4-334-04494-7

1066

「高学歴ワーキングプア」からの脱出

水月昭道

『高学歴ワーキングプア』刊行から13年、研究者であり僧侶でもある著者が、紆余曲折ありながらも行き着いた境地とは？　元ポスドク、前野 ウルド 浩太郎氏との対談を収録。

978-4-334-04476-3

1067

日本の少子化対策はなぜ失敗したのか？

結婚・出産が回避される本当の原因

山田昌弘

1・57ショックから30年、出生率の低迷が続く日本。家族社会学者である著者が、少子化対策の的外れだった点を分析。いま直視すべき、日本に特有の傾向・意識、そして変化とは？

978-4-334-04468-8

1068

炎上ＣＭでよみとくジェンダー論

瀬地山角

炎上する広告には必ず理由があり、近年その多くがジェンダーへの無理解を背景としている。炎上の構造を4つの象限で捉え直す、東大名物講義の「番外編」。

978-4-334-04469-5

1069

日本の映画産業を殺すクールジャパンマネー

経産官僚の暴走と歪められる公文書管理

ヒロ・マスダ

「日本再生の柱」と叫ばれたクールジャパン政策はなぜ失敗したのか？　現役映画プロデューサーが官民の腐敗と怠慢を暴くとともに、「現場」に効く改革案を提言する。

978-4-334-04448-0

1070

座右の世阿弥

不安の時代を生き切る29の教え

齋藤孝

「いま、ウケることをやる」「思い込みにとらわれない」……。世阿弥の『風姿花伝』『花鏡』には「名言」が満載だ。その世阿弥の言葉を、今日的なわかりやすい表現で一挙紹介する。

978-4-334-04477-0

1071
高城式健康術55
医師が教えてくれない家庭の医学
高城剛

「僕は心地よく生きるために健康に気を配っている」——絶えず世界各地を行き来しつつ活躍を続ける著者が、パフォーマンスの質を保つために注目・実践する次世代の最新医療とは。

978-4-334-04478-7

1072
沖縄から貧困がなくならない本当の理由
樋口耕太郎

「沖縄問題」を突き詰めることは、日本の問題を突き詰めることであり、それは、私たち自身の問題を突き詰めることだ——。「コロナ後の世界」のありかたをも問う、鮮烈の問題作。

978-4-334-04479-4

1073
ＡＶ女優の家族
寺井広樹

親にはデビュー前に話したのか、兄妹には何を伝えたのか、そして子供には自分の仕事を明かすのか？　女優たちが赤裸々に語る「家族」の話から、新しい時代が見えてくる。

978-4-334-04480-0

1074
ＡＩとカラー化した写真でよみがえる戦前・戦争
庭田杏珠
渡邉英徳

戦前から戦後の貴重な白黒写真約３５０枚を最新のＡＩ技術と、当時者への取材や資料をもとに人の手で彩色。カラー化により当時の暮らしがふたたび息づく。

978-4-334-04481-7

1075
文学こそ最高の教養である
駒井稔＋
「光文社古典新訳文庫」
編集部　編著

社会を、人間を、広く深く知るのに最も役立つのが文学だ——。紀伊國屋書店新宿本店の人気イベントが書籍化。名翻訳者14人が初歩的な所から語りでナビゲートする古典文学入門編。

978-4-334-04482-4

1076
天文学者が解説する
宮沢賢治『銀河鉄道の夜』と宇宙の旅
谷口義明

賢治には未来が見えていた――。このユニークな童話はどのように構想され、賢治は宇宙に何を見ていたのか。これまでにないアプローチで作品の魅力に迫る。【渡部潤一氏推薦!】

978-4-334-04483-1

1077
南極で心臓の音は聞こえるか
生還の保証なし、南極観測隊

山田恭平

「南極大陸の奥に進むと、静かすぎて己の心臓の音が聞こえるという」――そんな伝説めいた話から南極を目指した著者による、1年4カ月の滞在記。南極観測隊のリアルが分かる一冊。

978-4-334-04484-8

1078
子規を「ギャ句」る
名句をひねると「ギャ句」になりました

夏井いつき

名句をひねって味わう遊びへの誘い。俳句の辛口先生が正岡子規をギャ句った作品を募集し採点。原句があるから誰でも始められ知識と技を同時習得。最小変化で最大効果を狙え!

978-4-334-04485-5

1079
小池百合子　権力に憑かれた女
ドキュメント東京都知事の１４００日

和田泰明

【緊急出版!】メディアの特性を熟知した政治家・小池百合子。築地市場移転、東京五輪、新型コロナ対策など、4年間の彼女の実績を、「週刊文春」記者が徹底取材で明らかにする。

978-4-334-04486-2

1080
クワバカ
クワガタを愛し過ぎちゃった男たち

中村計

「クワバカ」とは、クワガタを愛し過ぎて、人生を賭してしまった男のこと。そんな男たちの人生を生き生きと描く傑作〝昆虫〟ノンフィクション、ついに刊行。クワガタ沼へようこそ!

978-4-334-04487-9